みんなで一人旅

遠藤彩見

集英社文庫

Minna de HITORITABI

CONTENTS

みんなで一人旅

男二人は聖地を目指す

名古屋発の特急しなのはもう到着しただろうか。梨本正直《なしもとまさなお》がスマートフォンから顔を上げると、松本駅の改札越しに乗客が押し寄せてくるのが見えた。

土曜日の午前十時過ぎ、しかも梅雨《つゆ》で皆傘を手にしているから余計混み合っているのだろう。梨本が人波を避けて改札の端に寄り、向こう側を見渡しても、出てくるはずの相手は人垣で見えない。きっとあいつは人がいいから道を譲って譲って後ろになっているのだ。

夫婦、若いカップル、女性の二人連れ、グループ。改札を抜けていく乗客は様々だが、男の二人連れは見当たらない。やはり男二人旅はいまだに珍しいのかと眺めていると、

「ナシ」と呼びかける声が聞こえた。

有沢成生《ありさわなるお》が改札を抜けながら、梨本に手を上げたところだ。

ぽっちゃりした体型をカバーするオーバーサイズのTシャツとデニムのボトム。その上にコットンシャツを羽織っている。梨本と似ているのは服装だけではない。三カ月違いで四十歳を迎えて腹回りが豊かになる一方なところもだ。違うのは有沢がメガネを掛けていることくらいか。

並んで駅の外に向かった。ほぼ二年ぶりの再会を喜ぶより先に有沢が問いかける。

「なんで今回は車なの？」

「言っただろ、小回り利くからだって。東京から四時起きで来ちゃったよ」

「四時起き!?」

「おう。美ヶ原《うつくしがはら》高原だっけ？　あの辺りを走ったら気持ち良さそうだしさ。まあ、行き先は幹事のアリに任せるけど」

「でもさ、いつもみたいに昼酒飲めないじゃん」

「アリは飲んでいいよ。俺は夜がっつり飲めればいいから。あれ」

駅前ロータリーの中央にあるパーキングに止めた車を示すと、有沢が目を丸くする。

半年前に買った赤い愛車は自慢の左ハンドルだ。オープンにもできる。

「中古だけどさ。この型、気に入っちゃってさ。雨降ってなかったらオープンにしたかったな」

「ずいぶん派手だね……」

有沢が品定めをするように車の周りを一周する。

「タッくんもミクちゃんもまだ小学生だよね？　収まり悪くない？」

「子どもたちの塾の送り迎えとかは、ユリが前から乗ってる軽でしてるから」

「奥さんと一台ずつ持ってるんだ？」

「うん。こっちの車の方が、子どもたちにウケがいいけど」

「うちなんて子どもがいないのにファミリーカーだよ。ツーシーターの恰好《かっこう》いいのにしたいけど、嫁ブロックを突破できない」

「二台目は？」

「え？」

「二台目買っちゃうってのはどう？」

有沢は意味が分からなかったのか、真顔で梨本を見ている。梨本が誘惑するようにドアロックを解除してみせると、ようやく悟ったのか苦笑いを浮かべた。

「そんな贅沢《ぜいたく》できないって。お邪魔しまーす」

助手席に乗り込む有沢に続いて、梨本も運転席に座った。横幅のある男二人で車が急に狭くなった気がする。買い換えたばかりのスマホを出し、旅の幹事を務める有沢に示した。

「今日の中信州、どんな感じで回るの？」

「ああ……」

「おーい、まさかノープラン？」

有沢はデイパックを膝に載せ口ごもったままだ。

忙しくて考える暇がなかったのかもしれない。しょうがねえな、と観光情報を頭の中に広げる。松本で合流しようと言われてから一応チェックしておいたのだ。

「とりあえず、松本城は絶対だろ。城下町を歩いて、次はアルプス公園？　そばと、信州味噌《みそ》の味噌ラーメンは絶対だよな。あと温泉」

「うん……」

「安曇野《あずみの》の方に足を延ばしてワイナリーめぐりもいいよな。ま、ドライブしながらぼちぼち話そうや」

梨本がスマホの地図アプリを立ち上げ、松本城への経路を表示しようとしたとき、有沢がようやく口を開いた。

「戸隠《とがくし》神社に行く」

「戸隠？」

まさか、と梨本は地図アプリで「戸隠神社」を検索した。

おぼろげな知識どおりだ。松本からさらに上、北信濃《きたしなの》に検索ピンが刺さる。町はグレー、平地はベージュ、戸隠神社のある辺りは一面が緑色。山の中だ。

「こっから車で一時間半はかかるぞ？　今回は松本で良くない？」

「パワースポットなんだよ」

「は？」

「戸隠神社は、最強のパワースポットなんだ。五つの社があって、五社めぐりっていって全部回ると運が開ける。開運パワーを体いっぱいに与えてもらえるんだ」

「アリ、どうしちゃったの？」

何度も一緒に遠出をしているが、パワースポットに行きたいなどと言い出したのはこれが初めてだ。そもそも二十五年前に高校の入学式で出会ってから、有沢がスピリチュアル方面に興味を示したのを見たことがない。

「どうしたとかじゃなくて、普通に良くない？　パワースポットは、単なる神頼みの場所じゃないんだよ。目に見えない力を感じる場所、エネルギーや癒やしを与えてもらえる場所なんだ。俗世間から離れることで自分を浄化できるともいうし。なんか、気持ちがスカッとしそうじゃない。ちょっと資料作ってきたから見てよ」

「金《かね》」

有沢が差し出した紙束は無視し、手を伸ばしてグローブボックスから財布を出した。昼食やお茶の代金、入場料、レンタカーを借りたときは高速代、駐車場代などを、いちいち割り勘にしないで幹事がさっと会計するための共同財布だ。最初に二人とも同じ金額を入れておく。数年前、妻に教わって古い財布を男二人旅専用にした。

とりあえずの五千円札を入れようと開くと、使い残しの小銭が音を立てる。お前も入れろ、と有沢に財布を向けると、資料を声高らかに読み上げ始めた。

「北信濃の美しい自然、澄んだ水で心を浄化するとともに、古くからこの土地を守り作物を育んできた豊かなパワーに抱かれることで心身のエネルギーをチャージするのです」

「銀行員って暇なのかよ。そんなの作って」

「魂に負荷を掛ける雑音が次第に消えていくとともに、鋭敏さを取り戻した心のアンテナが受け止めた宇宙のエネルギーがふわりと全身を包んでいくのを感じ――」

「よし分かった。安曇野に行こう。安曇野にもなんか神社があったよ。そこで丁寧に丁寧にお参りすれば効果は同じだって。戸隠より全然近いし、山奥より賑《にぎ》やかな場所の方が気分もパーッと晴れて――」

「戸隠神社がいい」

「話を聞けって――」

「俺、今、パワーが必要なんだよ。頼む」

見たこともないほど真剣な眼差《まなざ》しが梨本を見据える。

有沢の膝に共同財布を放り、スマホの地図アプリに「戸隠神社」と入力した。

「アリは良さそうなそば屋を探して」

「分かってる。これ、ちゃんと五千円分あるから入れるね。財布が重くて」

有沢が嬉々《きき》として財布を開き、ポケットから出した千円札や小銭を入れる。

梨本は戸隠神社までのルートが表示されたスマホをナビ用のスタンドに立て、車をスタートさせた。計画変更だが仕方ない。

アリ、ナシ、と呼び合うのは、男子校で過ごした高校時代の名残だ。二人の名字だけでなく、メガネの「アリ」「ナシ」以外に見た目が似ていることからだ。

――お前ら、なんか兄弟っぽいよな。

高校の同級生十数人からなる、いつメン会――いつものメンバーで集まる飲み会の略――で何度となく言われた。見た目だけではない。穏やかでのんびりした有沢と強気で積極的な梨本は、優しい兄とやんちゃな弟のようだと。

大学卒業後、梨本は東京で兄と一緒に家業の製造業を継いだ。有沢は都市銀行に入行し、転勤で全国各地を回っている。普段はろくに連絡もしない。

二人で年に一度の旅をするようになったのは、十年前、三十歳を迎えたときだ。当時札幌にいた有沢と、三十路《みそじ》記念に中間地点の仙台で落ち合い、安いビジネスホテルをとって泊まりがけで呑《の》んだ。それが思った以上に楽しかった。

互いの家に泊まれば遠慮があるし、日帰りだと時間が気になる。泊まりがけで出かければそれがない。おいしいものを食べて呑んで高校時代に戻ったように楽しめる。一年二年、間が空いても、再会すれば空白などなかったように接することができる仲だ。

梨本の隣で有沢がふいに歩みを止めた。

車を駐車場に止め、戸隠神社の最奥にある奥社《おくしや》に続く参道入口まで来たところだ。大鳥居の前に立った有沢が、ついでカニ歩きで左端に寄る。そして奥の神社に向かってうやうやしく一礼した。

「何やってんの？」

「鳥居をくぐるときは、こうやって神様に挨拶して、端っこから入るのがいいんだって」

しずしずと有沢が鳥居の左端をくぐっていく。相当、勉強してきたようだ。

「戸隠神社はね、昔、天照大神《あまてらすおおみかみ》が天岩屋《あまのいわや》に立てこもったときに、怪力の神様が岩戸をぶち破ってぶん投げて、その岩戸が落ちたところなんだって」

「神様のくせにえらい凶暴だな」

「それくらいパワーがあるってことだよ。門も頑丈そうでしょ」

本当か嘘《うそ》か、茅葺《かやぶ》き屋根に注連縄《しめなわ》が掛けられた赤い随神門《ずいじんもん》がどっしりと構えている。その端をくぐった梨本は、下界と隔絶されたような気分になった。

連日の雨でぬかるんだ参道がまっすぐに延びている。その果ては霧で白く煙《けぶ》っている。まるであの世にでも向かうかのようだ。

見渡すと、数メートルの間隔をおいて参拝客が奥社に向かい、参拝を終えて戻ってくる。駐車場に止まっていた車や観光バスの台数から見ても、かなりの数の参拝客がいるだろう。それなのに静寂に包まれている。

霧雨が音を吸い取っているだけではない。遥《はる》か天に届かんばかりの杉の木が、参道の両側に壁のように並んでいるからかもしれない。有沢が「見て」と梨本に並ぶ木々を示す。

「すごい高さだよね。木がここまで伸びるのは神聖な土地だからなんだよ。どの木も土地や空気からいい気を吸い込んで育ってる。パワーの固まりなんだ」

「何やってんの？　あれ」

梨本は参道脇に数歩入った草深い辺りを示した。数人の若い男女が濡《ぬ》れるのもかまわず、それぞれ木に両腕を回して抱きついている。有沢が顔をほころばせた。

「ツリーハグだよ。木の生命力を分けてもらうんだ」

有沢が男女と同じように参道脇に踏み入った。

まさか、と見ていると直径一メートル近くありそうな木を選び、両腕を回して抱きついている。まるで太った子猿だ。

「ナシもやろうよ。こんな機会めったにないじゃん」

「アリ、なんかあった？」

梨本はたまりかねて歩み寄った。

前回の旅の予定は有沢が名古屋転勤を控えていたため流れた。それから有沢はいつメン会に一度も出席していない。

夫婦二人暮らしで仲は良かったはずだ。仕事もまあまあ順調だと聞いていた。名古屋に転勤してから何かあったのだろうか。

有沢が顔だけを梨本に向ける。

「なんかって？」

「いや。ほら、雨がひどくなんないうちに行こう」

名残惜しそうな子猿を木から剝がし、背を押して参道に戻す。焦らなくてもいずれは聞き出せる。

旅はプロレスのリングのようなものだ。ともに旅する者たちだけの世界ができ上がる。ロープで囲われたリングのように逃げ出すことはできない。二人旅ともなれば、相手と正面からがっぷり組むことになる。

大丈夫。貝と同じように適温で温めれば有沢も口を開けるだろう。どんな身が出てこようと、おいしい酒を垂らして二人で食べてしまえばいい。

戸隠に地酒はあるのだろうか、とスマホをポケットから出したとき、足元の石につまずいて危うく踏みとどまった。ぬかるんだ道が上り坂になりつつある。

土の上に見え隠れしていた石がやがて規則的に現れ始めた。坂道の傾斜が少しずつきつくなり、木々と茂み、苔《こけ》むした石の間を上る険しい階段へと変わっていく。

一段一段上る足が重くなり、息が切れる。梨本は一休みしようと足を止め、何気なく背後を振り返って身をすくめた。急な斜面は足でも滑らそうものならどこまでも転げ落ちてしまいそうだ。

もう一踏ん張りして踊り場まで上った。肩が揺れるほどの息切れが静まるにつれて、今度は下方から激しい呼吸音が聞こえてきた。

数メートル下で、有沢が必死に階段を上ってくる。少し休んで体を引き上げ、また休んでまた引き上げる。

やっとのことで梨本に追いついた有沢が足を止め、激しく息をつく。

「ナシ、すごいじゃん……体力……」

「飲む？」

梨本は背負ったデイパックから二本ペットボトルを出し、未開封の方を有沢に渡した。有沢がボトルを見る。

「……エナジードリンク？」

「そう、体に蓄えた糖質や脂肪を効率よく燃焼させて、体の酸化を防ぐ効果があるんだ。オーガニック百パーセント。レモン味ですっきりするよ」

「へえ……」

いただきます、と受け取った有沢が、開いた梨本のデイパックを覗《のぞ》き込む。ペットボトルの他に、愛飲のサプリや非常食用のエナジーバーを入れてある。

「いろいろ入ってるね。重くない？」

「四十路《よそじ》だし、気をつけてないと。年齢は階段と同じで上がれば上がるほど落ちたときがキツいぞ」

梨本は有沢に見せつけるように、先に立って再び階段を上り始めた。

行く手が徐々に明るくなってきた。頭上を覆っていた木々が減っていき、やがて階段のてっぺんが見えてきた。密《ひそ》やかな賑わいが伝わってくる。

階段を上りきったところに鳥居がある。ゴールイン、とよろめきながらくぐり抜け、息を整えながらたどり着いた頂上を見渡した。

砂利の間に短い参道があり、その先で石垣に囲まれた社が二人を待っている。社を守るように鬱蒼《うっそう》と緑が生い茂り、合間から濃い霧が漂う。信仰心のない梨本も、空気がぴしりと澄んでいるのを感じる。

奥社に背を向けると天界と呼びたくなる景色が待っていた。延々と階段を上ってきただけあって、霧雨の向こうに濡れて輝く緑の木々と山々の頂が一望できる。

ぱらぱらと参拝客がいるが、厳かな雰囲気を壊すものはいない。「ご挨拶」と有沢にうながされ、注連縄の下をくぐって社に入り、柵の前に並んで立った。

「名前と生年月日と住所、あと無事に来られたことへのお礼を言うんだよ」

有沢の教えを聞き流し、梨本は奥に祀《まつ》られたご祭神に向かって手を合わせた。まずは家族の息災を頼み、ついで仕事がうまくいくように願う。

もっと多くの顧客を得て成績を上げたい。もっと多くの人の喜ぶ顔が見たい。収入ももっともっと増やしたい。頭角を現し、仕事仲間に尊敬され、一パーセントと言われる上位クラスの人間になれるように、どうか助けてほしい。妻や子どもたち、親戚や友だちからも——。

「ナシ」

有沢に小声で呼びかけられて梨本は我に返った。

あわてて退くと、いつの間にか梨本の後ろにずらりと行列ができていた。

「仕事のことを頼んでたらつい。やりたいことが多くてさ。ま、神様は聞くのが仕事じゃん?」

梨本は照れ隠しに笑いながらスマホを出した。

社を出て霧で煙った景色を撮影する。振り返り、社や古びた絵馬殿も撮る。もう一つの社・九頭龍《くずりゅうしゃ》社と小さな滝も抜かりなくカメラに収めた。滝の水飛沫《みずしぶき》が見せた虹の画像を選んでSNSのアプリを開く。

——北信濃探索中。大人旅。戸隠神社。

キャプションとタグをつけ、投稿しようとして手を止めた。

フォロワーにもっと食いついてもらいたい。気が進まないがパワーワードはこれくらいしかない。

──パワースポット。

「ナシ、SNSを始めたんだ？」

知らぬ間に寄ってきた有沢に画面を覗き込まれ、梨本はあわてて投稿ボタンを押した。

「うん。仕事の一環。俺は自営業だから、自分でどんどん攻めていかないと」

SNSはやっていないという有沢に、梨本は画面をスクロールして投稿を見せた。サッカー大会、ハイキング、花火大会、ドライブの写真が流れていく。一番多いのはホームパーティーの写真だ。

「仕事じゃないじゃん」

「人脈作り。金にしても仕事にしても、縁は人が運んでくるんだから。理想の人生を送るってことはさ、人的資産を作ることから始まるんだ。人的資産、分かるよな？」

「うん」

「神頼みもレジャーとしては悪くないけどさ、やっぱり最終的には、自分自身で努力するのが一番。確実だし、何より手っ取り早いと思うんだよね」

「ナシは今、幸せ？」

「何、いきなり」

「幸せ？」

有沢がまじまじと梨本を見つめた。

「まあな。仕事が楽しいし、やりがいがあるし」

「そっか……」

「アリ、ほんとどうしたよ？　念願のパワースポットに来ただろ？」

四十分かけて山を登ったというのに、有沢の表情は梅雨曇りのままだ。もう一度拝んでこい、と社に押しやろうとして手を止めた。

「そういえば、アリは神崎《かんざき》の結婚パーティー、なんで行かなかったの？」

「え？」

「神崎の結婚パーティー。俺は仕事があって行けなかったけど」

宙に視線を彷徨《さまよ》わせていた有沢が、思い出したのか「ああ……」とうなずいた。

いつメンの一人が結婚し、一カ月前に結婚パーティーを行ったのだ。SNSで写真を見たら、有沢の姿がなかった。

「ちょっと、用があってさ。あ、ご神水を汲《く》もうよ」

さっき梨本が写真を撮った小さな滝へと有沢が下りていく。飲み干して空になったペットボトルをゆすぎ、中に湧き水を入れていく。

義理堅い有沢が友の結婚パーティーに出席しないとは、よほどのことがあったのだろう。梨本が首を傾《かし》げたとき、スマホにセットしてあるアラームが鳴った。

人のいない場所を探し、社務所の横に行った。いつもより少し声を小さくして電話をかけると、リーダーと呼んでいる定時連絡の相手が出た。

「梨本くん、どう？　進捗状況は」

「これからです」

「そう、頑張ってね。月末が近いから」

切ろうとするリーダーに「あの」と呼びかけた。

「気力がアップするような栄養素……ビタミンって何ですかね？」

「うつ？」

「分かりませんけど、そうかも。うつまで行かなくても、元気がないというか」

「うつにはビタミンB群だよ。ハーブならセントジョーンズワートとか。え、それって梨本くん、まさか自分用？」

「いえ、違います。友だちがちょっと」

「よかった。また嫁ブロックで揉《も》めてるのかと思ったよ」

笑ったリーダーと挨拶を交わして通話を終えたところで、梨本は思い出した。

——嫁ブロック。

スマホをポケットにしまいながら、さっきも聞いたなと記憶を探る。

有沢と松本で合流して自慢のマイカーを見せたときだ。

「ナシ、仕事？」

振り返ると有沢がご神水を入れたペットボトルを手に立っている。探るようなその表情を見て、もしかして、と梨本の胸に疑念が湧いた。

「アリ、最近いつメンと会った？」

梨本を始めとするいつメンの多くは東京近郊に固まっている。名古屋に住む有沢は、梨本以外のいつメンとも、しばらく会っていないとばかり思っていた。

梨本が言わんとすることが分かったのだろう。有沢が梨本の視線を真正面から受け止めた。

「会ったよ。二カ月前、神崎が出張で名古屋に来て」

ようやく有沢の悩みが何なのか分かった。

梨本のことだったのだ。

急な勾配に集中する振りをして、無言で階段を下まで下りた。ぬかるんだ足元に注意する振りをして、無言で参道を歩き、随神門、大鳥居を抜ける。どちらからともなく最初に目に付いたそば屋に入り、ともに天ざるを注文して食べ始めた。

有沢も梨本と同じように、相手の出方を待っているのだろうか。見た限りでは淡々とそばを食べているだけだ。

もともと男二人だからぺらぺら喋《しゃべ》り続けることはない。それでも黙ってそばを口に運んでいると、無言で責められているような気がしてくる。

――ナシは今、幸せ？

奥社で有沢に投げかけられた問いが頭から離れない。

何か言わなければ。切り出すタイミングを窺《うかが》っていたら、せっかくぱりっと揚がったアシタバの天ぷらを箸で挟み損ね、天かすを辺りに散らかしてしまった。

反射的に視線を上げた有沢の表情はやはり暗い。神崎に相当なことを吹き込まれたに違いない。

その顔がようやくほころんだのは、デザートに頼んだそばのソフトクリームが運ばれてきたときだった。

「うわ、このアイス、本当にそばだ。色もだし、ほら、黒い粒々が。あー、味も、香りもそば」

「神崎から聞いた？」

梨本は努めて軽い口調で切り出し、スプーンでソフトクリームを口に運んだ。

有沢はスプーンを止めたまま梨本を見ている。梨本は調子づけようとスプーンを揺らした。

「アリに言ってなかったけど、実はさ、俺、新しい仕事を始めたんだ。会社は兄貴に任せて、今はそれ一本」

「そうなんだ」

「知ってた？」

「神崎から聞いた」

「いい会社と縁があってさ、健康食品やドリンク、ビタミン剤、スキンケア用品から料理関連まで幅広く扱ってるんだけど、すごくいい商品ばっかり出してるんだ。それを、世の中に広めて、たくさんの人に健康で幸せな生活を送ってほしくて。志を同じくした人たちと販売してるんだ。お客さんとコミュニケーションを取って、信頼して買ってもらうために、人脈を通じて販売していくスタイルで」

「ネットワークビジネス」

「そう。ネズミ講とかマルチとか嫌な言い方されたりするし、そういう会社も実際あるけど、うちは違うから。もう、本当にいい商品ばっかりなんだよ」

先入観を持たれたくない。誤解を解きたい。心配させたくない。

妻はどれだけ説明しても、まるで聞いてくれなかった。梨本が親戚や近所、仕事仲間や友だちに商品を勧めるたびに怒った。梨本のビジネスを軽蔑したように「おシゴト」と呼び、梨本の父や兄に訴えてビジネスを止《や》めさせようともした。ネットワーク仲間で言うところの嫁ブロックだ。

諍《いさか》いが続いた。妻は「おシゴト」仲間に電話して、夫に近づかないでほしいと懇願した。カタログやサンプルなど大切なビジネスツールを捨てた。あげくの果てにスマホを壊されそうになって、とうとう梨本は家を出た。

「俺、言っちゃなんだけど、肌きれいになったと思わない？　男も中年になったら、手入れしないと小汚いおっさんまっしぐらじゃん。銀行も接客業だろ？　清潔な見た目は出世の武器になるよね。そして、ばりばり仕事をするには、何と言っても健康が一番」

ビタミン剤、ミネラル剤、プロテインバー、日焼け止め。スプーンを置き、デイパックに入れてあった愛用品やサンプルをいくつか出した。

「値段はちょっと高めだけど質は最高。勧めた人はみんな、体の切れが良くなった、寝付きも目覚めも良くなったってリピート購入するよ。年齢は――」

「階段と同じで上がれば上がるほど落ちたときがキツい、でしょ。俺の伯父さんも同じことを言ってた」

「伯父さん？」

「中学生のとき、伯父さんがナシがやってるネットワークビジネスにハマった。大変なことになってた。母親はいまだにそのときの話をすると涙目になるよ」

梨本は、渡したエナジードリンクにじっと見入っていた有沢を思い出した。

「ナシ、正直に言うけど俺だけじゃなくて、いつメンみんな心配してるよ」

「心配？」

梨本は苦笑した。

素晴らしい商品を使ってみないかと勧めただけなのに、いつメンは皆、梨本を避けるようになった。神崎の結婚パーティーにだって、梨本だけ呼ばれなかったのだ。ＳＮＳでそのことを知り、せめてと祝いの品を送ったが反応はなかった。

「ナシに伯父さんみたいになってほしくないよ」

「大丈夫だって。そりゃ、最初から絶好調ってわけにはいかないし、トライ＆エラーが続いたりもするよ。でも、ＳＮＳのフォロワーも少しずつ増えてきてるし、これからなんだよ」

「奥さんだって心配してるんじゃないの？　タッくんやミクちゃんもいるんだし」

「家族のためなんだよ」

梨本は傍らに置いてあったメニューをつかみ、有沢の前に置いた。

「そばだって、好きなものを選んで食べたいと思うだろ？　金があればあるだけ選択肢が増える。人生のメニューだって同じなんだよ」

子ども二人が小学校に上がり、そろそろ家を建てたいと妻と検討するようになって、梨本は痛感した。窓の数、ドアの種類、防犯設備、塗装のレベル。すべてが選択だ。そして梨本のようにそこそこの金しか持っていない者の選択肢は限られている。

「子どもに恥じるような真似《まね》はしてない。自分で使っていいと思う商品しか勧めてないし。俺はやりがいのある仕事を持てて幸せだと思ってる」

「だけど――」

「分かった、アリには勧めないから、もうこの話は止め。な?」

梨本は有沢の視線を避けてスプーンを再び手に取った。すくおうとしたそばソフトはすでに半ば溶けてしまっていた。


戸隠神社の五つの社は神道《かんみち》と呼ばれるルートで結ばれている。そば屋を出た梨本と有沢は、奥社から中社《ちゆうしや》に向かう神道に入った。

いつの間にか霧雨が上がり、森を成す木々の間から漏れた陽光がちらちらと道の上に揺れる。お守りなのか、鈴を身につけた参拝客と何組もすれ違う。有沢はすれ違う参拝客と愛想良く会釈し、ときには言葉も交わしている。

「ナシ、こっち」

呼ばれて視線を向けると、有沢が白く整備された道から森の中に続く脇道に入った。自然にできたような階段を上っていくと、一気に視界が開けた。向かいに山がそびえ、見上げるとさっき苦労して上った奥社がある。

「ここは奥社遥拝《ようはい》。展望台っていうだけあってよく見えるね」

「ああ、すげえな」

「晴れてきたし」

「うん、いい感じ」

口先だけで返事をしながら、ちらりと腕時計に視線を向けた。梨本だけに聞こえる秒針の音が風の音をかき消す。

ビジネスの締め日が迫っているのだ。歩きながら月初にリーダーに送信したセールスの計画表を頭の中に広げた。

市販のものよりも値段が張るせいか、売上はなかなか上がらない。多少高くても良い商品なのだから、自信を持って勧められるのに。妻や兄、近隣の人々、学生時代からの友人たちも、皆、断るかサンプルを受け取るだけだ。

有沢にも、もう購入を勧められそうにない。

梨本の計画では、松本でのんびり一日過ごしてリラックスしたあと、宿でじっくり商品の説明をすることにしていた。そのために、車のトランクに男性用のシャンプー、トリートメント、育毛ローション、ボディソープ、化粧水、乳液、美容液などのサンプルやカタログを詰め込んできたのだ。

背負ったデイパックが重い。さっき有沢に見せたサプリやプロテインバーの下には、ペットボトルがまだ四本入っている。一度下ろそうとしたとき頭にひらめいた。

まだ希望はある。

梨本は有沢にもらった「パワースポット旅」の資料をポケットから出した。

あちこちのウェブサイトから寄せ集めたような、戸隠神社五社の大まかな地図と案内が載っている。残り三カ所の社を回り、奥社の駐車場に止めた車に戻るまで、少なくとも三時間は歩くらしい。曲がりくねった森の中の道に加え、階段も多い。

有沢が衰えた自分の体力を痛感したら、考えが変わる可能性だってある。

確かに有沢の伯父はビジネスで失敗したかもしれない。しかし梨本は違う。それに、何と言っても二人は二十五年来の親友なのだ。

もしかしたら、今ごろ有沢はさらなるエナジードリンクを所望しているかもしれない。

「アリ？」

足を止めて振り返った梨本は目を見張った。

有沢の姿が見当たらない。

それどころか、どことも知れぬ森の中に迷い込んでいる。

一応、人の足で踏み固められた道らしきものをたどってはいるようだが、ぐるりと三百六十度見回しても、目に入るのは木々と草だけだ。来た方向すら分からなくなった。

「アリ！」

大声で呼びかけても返事がない。

あわててまた資料を開き、地図に目を凝らした。しかし、自分がどこにいるのかすらも分からない。

それならば、とスマホを出し、地図アプリを開いて現在地を表示した。しかし、緑一色の山の中に検索ピンが現れただけで神道は表示されない。

梨本は仕方なく有沢に電話した。

「ナシ？　どこ行ったの？」

「なんか、森の中？」

「道の脇に黒い柱みたいな標示があるから、それ探して」

言われたとおり、足元を見ながらうろうろと歩いた。

目当てのものが見つかり、石碑に刻まれた文字を読み上げる。

「女人、結界……？」

「女人結界之碑、ね。待ってて」

言われたとおりじっとしていると、数分後に木々の間から小太りのシルエットが息を切らせ気味に現れた。

「どこ行ってたんだよ？」

「どこも行ってないよ。ナシの方が俺を置いてずんずん先に歩いて行っちゃって、ちょっと水飲んで休んでたら姿が見えなくなって」

「アリ、体力なさすぎじゃね？」

「こっち」

しめたとばかりに声をかけたが、有沢は聞き流して歩き出す。

様子見も兼ねて大人しくついていくと、やがていきなり視界が開けた。

白く整備された道を有沢が示す。

「ナシ、ここから迷い込んだんだと思う」

「森の中を歩くなんて久しぶりだからさ」

そういえばこの道を歩いていたと思い出しながら右に折れた。

「ナシ、反対。そっちは来た方」

注意されて向きを変えたが、有沢に「待って」と呼び止められた。

「聞きたいことがあるんだけど。ナシ、さっき何食べたか覚えてる？」

「――そば」

とっさに思い出せなかった。

「何だよ、いきなり？」

「ついさっき食べたものも、すぐに思い出せないって」

「いきなり聞かれたから。一瞬意味分かんなかっただけ」

「道だって。この道をたどって歩いて行けばいいだけなのに、曲がったところにだって案内が出てるのに、全然目に入ってないんだよ。ナシは食べたものも歩いた道も、何も目に入ってない。旅先でこうなんだから、普段もそうなんじゃない。本当に今、幸せなの？」

メガネの奥から小さい目が鋭く梨本を見据える。

「——幸せだよ。言ったじゃん。アリ、考えすぎだって」

食べたものを聞かれたときと同じように、答えが口から出るまで少し間が要った。


「だけど、お兄さんと経営していた会社は？」

中社を詣で、次の火之御子社《ひのみこしゃ》を目指して再び神道に入ってからも有沢の追及は止まない。中社での祈りは秒で切り上げたが、有沢が梨本を見る目は奥社から変わらない。

「辞めた。社長は兄貴だし、作ったのは親父《おやじ》だし。俺は俺で何かを成してみたいからさ。まあ、助けを求められれば、そりゃ家族だから助けるけどね」

——もう会社に近づくな。

一カ月前、梨本は兄に言い渡された。

妻が兄に泣きついたころ、梨本が勧誘した取引先の一社からも兄に苦情が入った。会社を潰すつもりか、と兄が激怒して会社を辞めさせられた。

「それならお兄さんは——」

「分かった、アリに無理に商品を勧めたりしないから」

「俺が言ってるのはそうじゃなくて——」

「別に俺たち、世間が言うほどの悪徳ビジネスをしてるわけじゃないよ。クーリングオフだってできるしさ。要らないよって断ればいいだけなのに、まるで詐欺師でも目の前にしたように大騒ぎする奴《やつ》が多くて参るよな」

「そうじゃないんだって」

有沢の声が少し大きくなった。

「ナシには向いてないんじゃないか、って言ってるの」

「……いや、知らないでしょ、このビジネスのこと」

「知らなくても、もうすぐ始めて一年でしょ？　結果が出てないってことは、そういうことなんじゃないの？」

「誰が結果出てないって言ったよ？」

「じゃあお兄さんはなんでナシのことを引き止めなかったの？　ナシのビジネスがうまくいってるなら一緒にやるよね」

一瞬口ごもりそうになる自分を奮い立たせる。

「仮に、結果が出てなかったとしたら、いやそんなことないけど、もしうまくいってないとしたら、俺の努力が足りないからだろ」

「一年頑張ったなら充分だよ」

「なんかそれ、アドバイスマウンティングみたいに聞こえる。上から目線」

怒ったら負けだ。必死で自分に言い聞かせた。有沢も同じなのか少し声が上ずった。

「上から目線なんかじゃないって」

「アリも周りが見えてないんじゃないの、ほら、緑がきれいじゃん」

有沢が諦めたように息をついた。

「じゃあ、次はナシが喋って」

「はあ？　別に無理して喋らなくたっていいじゃん」

「神道の入口にあった看板、見てないの？　熊注意って」

「熊!?」

「この辺、ツキノワグマがいるんだよ。でも、熊は基本臆病だから音を立ててると来ないって。熊鈴つけて歩いてる人、何人もいたでしょ？」

「あれって熊鈴だったの？」

「そう。俺たちは熊鈴がないから、喋るか歌うかしかないじゃん」

「だけど、めったに出ないだろ、熊なんて」

「二カ月前に出たって」

「うそ……」

「ほら、ナシ、なんか喋って。三十分喋り続けられるものを持ちなさいって、高校の卒業式で校長先生が言ったじゃん」

「ああ……」

「俺たちデブで美味《うま》そうだから熊は待ってくれないよ」

「だよな……。うん、えーと……」

今の梨本が三十分喋り続けられることといったら一つしかない。

朝起きてから寝るまでビジネスのことばかり考えている。ビジネス以外で人と口を利いたのは有沢が久しぶりだ。

——僕たちの仕事は幸せビジネス。

芸能人のプロデュース商品と同じだよ。

リーダーに言われた。

売り手の自分が輝いていなければ買い手は商品に魅力を感じない。リーダーとしてあがめてもらえない。だからジムに通い、最新のスマホやブランド物の腕時計を身につけ、人気の高級車に乗る。借金ばかりが増えていく。売上ノルマを達成するために自腹を切り続けているからなおさらだ。

今住んでいる「仕事場」は六畳一間の安アパートだ。商品で埋め尽くされて布団を敷くのがやっとのスペースしか残っていない。東京から松本まで六時間かけて来たのは、高速道路を使う金すら惜しいからだ。

数歩前で足を止めた有沢が、前を向いたまま「ナシ」と呼んだ。

「分かった、今喋るから」

「ヘビ」

「は?」

梨本は足を速めて有沢の隣に並び、そして小さく声を上げた。

「ヘビ!?」

二メートルほど前方、道の左側から白いヘビがうねうねと這《は》いだしてくる。

呆然《ぼうぜん》と立ちすくむ二人の前で、白ヘビが悠然と道の真ん中でうねりを止め、頭をもたげた。かっと開いた口の鋭い歯が光り、細い舌がするりと伸びて二人を威嚇するようにちろちろと動く。

ぬかるんだ道の上にいるだけに、雪のようなその白さが際立つ。まるで光を放っているようだ。まさか、と梨本は有沢の袖を引いた。

「アリ、もしかして、これ？」

「これって？」

「パワースポットのご神体」

「ご神体って、祀ってあるようなやつ？」

「分かんないけど神の化身。昔漫画で読んだけどさ、白ヘビは神の使いだって。何かそれっぽいじゃん」

半信半疑なのか、有沢が口を半開きにして白ヘビに見入る。

梨本は恐る恐る、白ヘビに向けて一歩踏み出した。有沢が「ナシ!?」と目を剝《む》く。

毒ヘビだったらどうしよう。嚙《か》まれたら死ぬかもしれない。一方で、先日購入を考えたヘビ革の財布が頭に浮かぶ。ヘビは金運を上げてくれるというではないか。

助けてください。願いを叶《かな》えてください。

梨本は白ヘビに心の中で呼びかけながら、思い切って手を差し伸べた。「ナシ！」と有沢が梨本のシャツを引っ張ったとき、後方から男の声が聞こえた。

「どうしたー？」

振り返ると二十メートルほど後ろから、男二人が足早に近づいてくる。

梨本たちより一回りほど年上だろう。作業着にヘルメット、リュックを背負って軍手をはめ、顔は真っ黒に日焼けしている。

「あれま、ヘビか」

「おお」

道端の茂みにするりと逃げようとするヘビを、一人が無造作に軍手でつかむ。梨本と有沢は揃《そろ》って声を上げた。もう一人が梨本たちに尋ねる。

「どっか噛まれたりした？」

「いえ、どこも」

「まあ、毒はないやね、この種類は」

答えた梨本に、ヘビをつかんだ男が教えてくれる。

「わしら地元だからヘビは珍しくないんだよ」

「あの、つかんじゃったりして大丈夫なんですか？　その白ヘビ、ご神体じゃないんですか？」

「ゴシンタイ？」

「ほら、神の使いとか」

「ああ、白ヘビだから？　いや、これはただのペットだろ」

白ヘビをつかんだ手がぐっと突き出され、梨本と有沢はたじろいだ。

「洋ヘビ、外来種だ。アメリカ辺りからの輸入ものだな。この辺で誰かが捨てたんだろうなあ」

「でも、こんな真っ白なヘビなんて。アリ、見たことないよな？」

「アルビノっていって、突然変異なんかで真っ白いヘビが生まれることがあるんだよ」

「神の使いか、まあ見えないこともないけどなあ。あんた若いのにずいぶんロマンチストだな」

男たちが笑う。白ヘビもつぶらな瞳を梨本に向け、嘲るように細く長い舌をひらひらと突き出す。

目の端で有沢を見ると、やはり笑っている。

男二人がキャンバス地の袋を広げて白ヘビを放り込んだ。握って口を閉じ、熊に気をつけろと言い残して去っていく。

遠ざかる足音が静寂に変わり、有沢があわてたように口を開いた。

「ナシ、パワースポットなんて興味なかったんじゃない？　ご神体なんて詳しいね」

「漫画で読んだだけだって」

「あんた若いのにずいぶんロマンチストだな」

有沢が口真似をして笑う。

このマウンティング野郎、と梨本は冷たい笑いで対抗した。

「ここ、パワースポットだからさ。そうじゃなきゃ、ヘビ子を思い出してた」

有沢の顔が瞬時に引きつった。

思い出したのだろう。ゆるくウェーブが掛かった長い髪、色白で細面の顔を。斜めに流した前髪と長いまつ毛、薄い唇、華奢《きやしや》な体つき。ヘビ女を思わせる見た目のキャバ嬢に、かつて有沢はハマった。社会人三年目の年だ。

真面目な人間ほど泥沼にはまる。金を貸してくれと何度も頼まれ事情を知った。彼女は自分のことが本気で好きだ、本気の恋愛なのだと言い張った。

――バカじゃねえのお前、目ぇ覚ませよ。

その女に騙《だま》されてんだよ!

一度思い切り怒鳴ったが、あとは見守るしかなかった。本気でのめり込んでいるものを否定されるたびに、有沢が傷ついているのが分かったからだ。どうにか目を覚まし、キャバクラから遠ざかってくれたときはほっとした。

「ヘビ子、どうしてるのかな、今」

「さあね、それより――」

「まさかの再会? パワースポットの奇跡じゃね?」

有沢が梨本を睨《にら》みつけた。思った以上に刺さったらしい。

「ネズミ講にハマってご神体にすがるよりいいと思うけど」

「あ? 誰がネズミ講だよ。ネズミ講は法律違反、俺がやってるのはネットワークビジネス。合法なビジネスだよ」

「どっちだって周りに心配掛けてるのは同じだよ。ネズミってヘビに丸呑みされるんだよ。分かってる？」

「ネズミ、ネズミってうるせえよ。それにヘビ子に惚《ほ》れたのはお前で俺じゃねえよ！」

「ヘビ子、ヘビ子ってしつこく言うな！」

有沢がずんずん歩き出し、二手に分かれた道の右側に突き進む。

梨本も勢いに任せ、左側の道に歩を進めた。


やみくもに森の中を歩いていると視界がいきなり開けた。

梨本が狭い広場のようなところに降り立つと、古い小さな社がある。ポケットから資料を出して確かめると火之御子社らしい。五社めぐりの四社目だ。境内の夫婦杉が有名らしいので、とりあえずSNS用に写真を撮る。

そして梨本は石垣に腰を下ろして一息ついた。小腹が空《す》き、持参のエナジードリンクで腹を満たそうとデイパックを下ろすと体が一気に軽くなる。

再びの梅雨曇りで気づかなかったが、もう十五時を過ぎている。有沢から宿の名前は聞いていない。どうせこれ以上有沢と一緒にいてもぶつかるだけだろう。

資料で奥社前の駐車場までのルートを調べた。車を飛ばせば夜には東京に戻り、日課をこなせる。

SNSとブログを更新し、サンプルを配った相手にお伺いの電話をかけ、リーダーに今日の報告。セールスが空振りに終わったことを伝え、アドバイスという名の説教を聞く。親友に背を向けられた今、もう梨本にはビジネスしか残っていないのだ。

軽くなった体が空っぽにもなったようで心細くなった。境内の静けさが拍車をかける。負けるものか。梨本はスマホを出した。守るべき大切なものが梨本にはある。娘の携帯電話の番号を押した。

「パパ?」

電話に出たのは妻だ。

「……俺。ミクは?」

「今、ミニバスケットの試合中。ミクに何か?」

「戸隠神社に来てる、有沢と。ミクが何かお守りを欲しがるかなって——」

「おシゴトね」

妻の声が一気に冷たくなった。

「違うって。ほら、有沢と毎年行ってる男二人旅で」

「ほんとに友だちいなくなるよ、二人とも」

「あ？」

「先週、いつメン会の神崎さんから電話が来た。結婚祝いのお礼って。二人だけ仲間外れにしたみたいで申し訳ないけど、結婚パーティーは相手や相手の家族のこともあるから呼べなかったって」

「ちょっとママ、話が見えないんだけど」

「あなたと有沢さんが、一緒におシゴトをやってること」

「はあ!?」

「今さら隠さなくていいから」

「何言ってんの、アリがやるわけないじゃん。あいつ、昔伯父さんが失敗したとかで、俺のやってるビジネスを相当嫌ってるし」

今度は妻が「え？」と怪訝《けげん》そうな声を出した。

「だって有沢さんが神崎さんに言ったって。あなたのことみんながマルチにハマってヤバいとか、勧誘されるのが嫌だとか文句言ってるって話したら、『ナシだけじゃない。俺もナシと一緒にやってるから』って。だからいつメン会で相談して、あなたと有沢さんの二人を結婚パーティーに呼ばなかったって」

結婚パーティーのことを話したときの、有沢の怪訝そうな顔が頭に浮かぶ。神道でやり合ったときの言葉も。

——上から目線なんかじゃないって。

「パパ？」

「悪い、またかける」

電話を切り、デイパックを背負って立ち上がった。火之御子社を出て、資料を頼りに進む。

歩きながら電話をかけた。電話に出た有沢に確かめる。

「ホウミツ社にいんだろ？」

「宝光社《ほうこうしゃ》だよ」

梨本が思ったとおり、真面目な有沢が五社めぐりをリタイアするわけがない。

「俺と一緒にビジネスやってるって神崎に言ったんだって？」

「誰から聞いたの？」

「嫌いだって言ってたじゃん。わざわざ一緒にハブられるとか意味分かんねえよ」

「俺がヘビ子にハマってたとき、ナシは一回ガーッと怒ったけど、あとはうるさいこと言わずに一緒にいてくれたじゃん。戻れる程度にしとけよ、とか言ってさ」

「そんなこと言ったっけ」

「旅は帰りが寂しかったり空《むな》しかったりするし、長い旅だと日常に戻るまでが何かと大変だけど、誰かと一緒なら心強いじゃない。俺も、あのときそうだったから」

梨本は返す言葉が見つからず、ただ唇を噛んだ。
宝光社の鳥居にたどり着いた。くぐった瞬間、目を見張った。
「うお、すげえ階段」
奥社と同じくらい急な上り階段だ。見上げても頂上は白光りして見えない。
「二百八十段近くあるよ。頑張って」
電話が切れた。
梨本は階段と向かい合い、見えない頂上を見上げた。
前に進むしかないと思っていた。でも、戻ることもできるのだ。
まだ心は決まらない。それでも階段を上り始める。
――目に見えない力を感じる場所、エネルギーや癒やしを与えてもらえる場所なんだ。
頂上で親友というパワースポットが梨本を待っている。

みんなで一人旅

機内からボーディングブリッジに一歩踏み出した瞬間、大取佳乃子《おおとりかのこ》は海外に来たのだと実感した。三十歳にして初めて触れた外国の空気はからりと乾き、ほのかに花とスパイスが混じったような香りを帯びている。沸き立つ思いがボーディングブリッジの小さな窓に歩み寄る足を速めた。

十三時間のフライトを経て到着したイタリア・ローマは午後四時を迎えたところだ。埃《ほこり》っぽい窓ガラス越しの景色はクラシック映画のようだ。七月の陽射《ひざ》しが、広大な敷地を覆ったコンクリート一面をブロンズに輝かせている。流線型の模様を描く滑走路や中央に突き立てられた赤白のポール、駐機中の飛行機や建物に、きらめく金色のフィルターを掛けている。

そしてこれから佳乃子が映画の主人公になる。初めての海外旅行、初めての一人旅が今始まるのだ。

「大取さん!」

ブリッジの前方から呼びかける女性の声が聞こえた。あわてて窓から離れ、赤い背中を追う。

ボーディングブリッジを抜けてすぐ、入国審査場に続く通路の手前に十数人の日本人が固まっている。赤いポロシャツを着たツアーの女性添乗員が、いち、にい、と声に出しながら人数を念入りに数える。そして、ポロシャツと同じ赤色の旗を、勢いよく突き上げた。

「では皆さま参りましょう、シャイントラベルがご案内するローマ・フィレンツェの旅、五泊七日。せーの」

戸惑って参加者を見渡すと、皆も似たような照れ笑いを浮かべている。参加者全員、まともに顔を合わせたのは今が初めてなのだ。

「せーの！」

決まり事なのか、添乗員が一段声を高くしてうながした。年配の何人かが陽気に唱和する。

「『みんなで一人旅』！」

これから佳乃子が参加する、大手旅行会社主催のお一人様限定ツアーの名称だ。

赤い旗に従って歩きながら、ちらりちらりと参加者たちをチェックした。男性の一人は六十代前半、登山者のようなリュックとスニーカー姿だ。もう一人は四十代後半、白髪交じりの波打つ髪を額に垂らした羊顔だ。あとは二十代前半から六十代半ばまでの女性が十人。誰かと友だちになれたら、と密《ひそ》かに期待していたが、打ち解ける様子はまったくない。

そもそも旅行会社のカウンターで言われているのだ。

――個人情報の保護は徹底しております。

全行程を通じて自己紹介タイムは一切ない。成田空港でも各自が旅行会社のカウンターに出向いて搭乗チケットを受け取り、各自で出国手続き。機内の席もばらばらだった。

それでもイタリアで過ごす五日間をともにするのだ。皆、いい人であってほしい。

留守宅用の日程表を渡した実家の母も、勤めている保険会社の同僚も、トラベル用ドライヤーを貸してくれた友人も言っていた。出発前にインターネットで読《よ》み漁《あさ》った海外ツアーの体験談にも書いてあった。

――ツアーは人間関係がすべて。


「待って、話が違うじゃないの!」

佳乃子の心の声が、険しい女の声でホテルのロビーに響いた。

空港からバスに乗り、ローマの玄関口と呼ばれるテルミニ駅に近い大型観光ホテルに到着したところだ。今は薄暗いロビーでチェックイン手続きをしている。日本時間では夜中の二時過ぎだ。

他の参加者たちは夜食にと渡された弁当の箱を手に、とっくに部屋に向かった。佳乃子と他四人の女だけが荷物と一緒に取り残されている。相部屋コースだからだ。ショートカットにふくよかな腹、ムーミンに似た五十代半ばの女が添乗員に詰め寄る。

「相部屋コースはツインベッドの部屋を使用するっていう話でしょう!?」

そして同室者は毎晩替わると聞かされていた。びっしり観光スケジュールが組まれているから、どうせホテルでは寝るだけだ。それに一人部屋を使うには、ツアー代金に加えて六万円近くを払わなければならない。佳乃子は欲しかったブランド物の財布と一人部屋を天秤《てんびん》に掛けて財布を選んだ。こんな落とし穴があるとは知らずに。

添乗員が説明を繰り返す。

「ツインベッドの部屋をオーダーしたのですが、ホテル側の手違いで満室となっておりまして。ダブルベッドの部屋しかご用意できないんです」

「ってことは、この中の誰かと同じベッドで寝ることになるんですか……?」

佳乃子に問われた添乗員が「申し訳ありません」と深々と頭を下げる。

ロビーのカウンターを見ると、フロントスタッフは知らぬ顔で目を伏せている。視線を感じて振り返ると、ロビーに一人残り、観光パンフレットを物色していた羊顔の男が手を止めて聞き耳を立てている。面白がっているのだろうか。

「私たち、今日、初めて会ったんですよ……?」

ふんわりしたシフォンの花柄ワンピースと白髪交じりのカールヘアで妖精を思わせる六十代の女が、泣きそうな声で訴える。髪をきっちりアップにして高級ブランドのスカーフをまとった四十代後半のマダムが添乗員に命じる。

「エキストラベッドとか出すように言いなさい。早く」

「できかねると言われました。申し訳ありません」

添乗員は何を言われても詫《わ》びを繰り返すだけだ。そしてトランプのように五枚のカードを出した。ホテルの名前と住所が記されたものだ。

「印がついたカードを引いた方がシングルルーム。残り四名の方は、今夜はダブルルームに泊まっていただきます。どうぞ」

済まなそうに身を縮めていても、表情に迷いは見えない。耐えていれば過ぎる嵐だ。五人とも頼れるのは添乗員だけ。頼るということは従うということなのだ。

「約款にあるとおりの返金は、きちんとしていただけますよね？」

佳乃子より二、三歳年下らしい女が添乗員の前に進み出た。まとめ髪に細い目のあっさりした顔立ちと凹凸のない体型は、こけしを思わせる。

こけしは添乗員の言質を取ると、ため息をついてカードを引いた。続いてムーミン、マダム、妖精がカードを引き、残った一枚が添乗員から佳乃子に渡された。

「お金、返ってくるんですか？」

同室となった、こけしことトキタと部屋に向かいながら聞いてみた。疑問というよりは話のきっかけだ。

「旅行業約款で決まってますから。二パーセントだから二千円くらいだけど。パッケージツアーだから仕方ないし」

言い捨てたトキタがカードキーで部屋のドアを開けた。

ボタニカル柄のカバーを掛けたダブルベッドが目に飛び込んできた。八畳ほどの部屋の大半を占めている。ここでトキタと共寝するのだ。

どうにか分かれて寝られないだろうか。佳乃子が狭い部屋をうろうろしている間に、トキタはショルダーバッグを置いてベッドの窓側をキープし、部屋のカーテンを閉め、佳乃子に断ってシャワーを浴びにバスルームに入った。交代で佳乃子がシャワーを浴びて出てきたときには夜食を終え、歯を磨いて「おやすみなさい」とベッドに入った。

佳乃子もぱさぱさのパニーニを紙パックのオレンジジュースで何とか飲み込み、歯を磨いた。意を決してベッドに入り、落ちないぎりぎりまで端に体を寄せた。

日本時間では明け方近い時間なのに寝付けない。かふ、と時折トキタが立てる鼻息が耳につく。マットレスの振動が伝わりそうで身じろぎするのもはばかられる。

メールかネットでもして眠気が訪れるのを待とう。スマホを手にとったが、予想以上の眩《まぶ》しさにあわてて画面をオフにした。

目を閉じてじっとしているしかない。

距離は置いていても、同じシーツを掛けたトキタの体温がほんのりと伝わってくる。少し前まで一緒に寝ていた恋人を思い出して小さなため息がこぼれた。


十年近く付き合い、三年前から同棲《どうせい》していた同い年の恋人が、三カ月前「一人になりたい」と言って出ていった。実際は浮気相手と「二人になりたい」からだと、共通の友人から知らされて復縁の望みは絶たれた。

今年の秋、二人で住むマンションの契約更新を機に結婚するつもりでいた。妊娠したら会社を退職。子育てと並行してファイナンシャルプランナーになるための勉強をして、夫婦で購入する住居の一室で開業。子どもの成長に合わせて仕事を増やし、いずれは事務所を持とうと考えていた。

急いで新しい部屋に引っ越した。仕事以外は引きこもり、海外ドラマをひたすら見続けた。日本のドラマだと孤独な現実を思い出してしまうからだ。サスペンスドラマをシーズン8まで観《み》たところで、海外旅行に行こうと思い立った。

沖縄、屋久島、金沢、箱根。彼と付き合っている間に行った旅行は国内ばかりだ。気づけば三十歳になる今まで、日本から出たことがない。まとまった休みがなかなか取れないから、と友だちや同僚には説明していたが、実際は彼が海外に行きたがらなかったことに尽きる。何度か誘ってみたが、国内の方が楽だと拒まれてばかりだった。

さっそく旅行代理店で海外ツアーのパンフレットを集めた。事故や病気、天変地異、テロが不安だし、言葉が通じない不便もある。三十歳という年齢で、うろうろおろおろするのは恥ずかしい。ツアーに参加すれば、すべては解決、安心・安全だ。

行き先はイタリアに決めた。パンフレット表紙の光溢《あふ》れる風景写真と、イタリア三色旗の陽気な彩りに惹《ひ》かれたからだ。鬱々とした日々を断ち切り、新たに旅立つにはぴったりではないか。

ところが、同行者が見つからない。

友だちは結婚しているか、仕事が忙しくて休みがなかなか合わない。両親は揃《そろ》って北海道に行ったばかり。ツアーに一人で参加する人もいるらしいが、恋人と別れたばかりの自分が、友人同士、恋人同士、親子連れの中で独りぼっちで過ごすなんて居たたまれない。

諦めかけたところで見つけたのが『みんなで一人旅』だった。

――一人旅ならではのいいこと、ってあるんですよ。

旅立つ前に読んだ雑誌のイタリア旅特集に載っていた、ある女優のコメントだ。ピンチョの丘に立ったとき、佳乃子はそれを思い出した。

ツアー二日目、朝七時集合でローマ市内観光が始まった。ほとんど眠れなかったのに、眠気はみじんも感じない。

——一人だと心ゆくまで感激に浸れるの。

丘から張り出した白い展望テラスから、ローマの街並みが一望できる。

眼下に広がる楕円形《だえんけい》のポポロ広場は、さながらグレーの池だ。その手前では真っ白な彫像の聖人たちが、こちらに背を向けて池の水面を見渡している。水面に点のように漂っているのは、広場を訪れた観光客だろう。中央では鋭い剣のような記念碑が真っ青な空に向けてそびえている。

何もかもが目に染みるほど鮮やかに見えるのは、空気が澄んだ朝に訪れたおかげだ。ポポロ広場の向こう側には白やベージュの建物がいくつも連なり、その合間を紺色に見える道路が川のように抜けていく。左側には昇りかけた月のように、半月形をした大聖堂のてっぺんが突き出している。

木々が緑色の地平線を描き、その上に広がる晴天は湖だ。白鳥のように真っ白な雲が泳ぎ、さざ波の代わりに柔らかな霞《かすみ》が模様を描いている。

「すごい……。きれい……！　ほんとにきれい！」

「あんた小学生みたいだね」

繰り返す佳乃子を、居合わせたムーミンことホリノウチが笑った。笑われても気にならない。次に訪れたボルゲーゼ公園でも感嘆の声が止まらない。

「可愛《かわい》い。夢みたい」

森を抜けた小さな広場に大きなデコレーションケーキのようなものが置かれている。ピンク色の花柄をちりばめ、緑の柱で支えられた可愛らしいカルーセル——いわゆるメリーゴーラウンドだ。オルガンの軽快な音色、ちかちかとまたたく色とりどりの電飾に合わせて、木馬やカボチャの馬車が周回する。

写真を撮ろうとカルーセルから後ずさった。古いガス灯を模した電灯と緑色のベンチ、屋根のように頭上を覆う緑に引っかかったピンク色の風船、とフレームに入れていく。日が高くなるにつれて木漏れ日のきらめきも増し、カルーセルの傍らに広がる芝生や点在する胸像、マリア像を水を撒《ま》いたように輝かせている。まるで絵画のようだ。

「シャッター押してくれる?」

いつの間にかそばに来ていたトキタがカメラを差し出す。シャッターを押してやり、代わりに佳乃子も自分のカメラで写真を撮ってもらった。

「ほんと夢みたいな景色ですよね。私もう百枚以上写真を撮っちゃって——」

トキタがさっさと離れていくのを見て口をつぐんだ。

一人旅女優のコメントがまた頭に浮かぶ。

――感動を誰かに伝えられないのは、ちょっと寂しいかな。

周囲の相部屋組を見渡した。ホリノウチは添乗員にカメラのシャッターを押させ、マダムことナカムラは、優雅に日傘を差して辺りを見回している。妖精ことイデは、同じ年代のリュック男と、カルーセルを見ながらはしゃいでいる。

朝食のテーブルで、トキタ以外の相部屋組にも名乗って挨拶をした。それでも、誰一人、佳乃子の名前はおろか姓すら呼んでくれなかった。佳乃子も名字しか教えてもらっていない。テーブルで話したことといえば、天気とツアーのスケジュール、朝食に出たヨーグルトと添乗員は独身か既婚か、という話だけだ。なぜ『みんなで一人旅』に来たのか、という佳乃子の問いは、「まあ」「ねえ？」と全員にスルーされた。

陽射しの強さに喉が渇いてきたが、添乗員は次から次へと参加者に頼まれてシャッターを押している。カルーセルのそばにある売店にも一人で行くしかない。

ショーケースの向こうに立っているブルネットの男を見て、緊張で心臓が高鳴った。外国人に声をかけたことなど、今までの人生で数えるほどだ。

「コニチワ！」

男が佳乃子に声をかける。「ボンジョルノ」と絞り出した声が小さくかすれた。テレビのイタリア語講座を見ながら練習したときとは大違いだ。

ガラスケースの中のミネラルウォーターを指差し、必死で笑顔を作る。「アリガート」と渡されたペットボトルと釣り銭が、頑張ったご褒美に思えた。

「撮りましょうか？」

この記念すべき売店を撮らせてもらおうと、バッグからデジタルカメラを出していると男の声がした。二人居る男性参加者の一人、羊顔だ。ありがたくカメラを渡し、ブルネットの店員と一緒に撮ってもらった。

「なんで日本人って分かるんでしょう？」

マルヤマと名乗った羊顔に、コニチワ、と言われたことを話した。

「シャイに見えたんでしょう。日本人は他のアジア人と比べて、控えめだと思われているらしいですよ」

会社組織で働き、恋人と暮らしてきて、シャイなどと言われたのは初めてだ。海外旅行が初めてだとマルヤマに告げると、驚いたようだが微笑《ほほえ》んで言ってくれた。

「初めての海外旅行にはいいツールですよね、このツアーは」

「ツール、ですか……」

緑溢れる公園を抜け、天使が飛び回っていそうなバロック様式の建物、ボルゲーゼ美術館を歩きながら、改めて周りを見た。

佳乃子たちと同じように、何組もの日本人ツアーが美術品を見て回っている。パンフレットを読む必要もなく、展示物を堪能《たんのう》しながら耳で添乗員の説明を聞けばいい。親子、友人、カップルが集まった美術館を独りぼっちで歩かずに済むのも、『みんなで一人旅』に加わっているからだ。

ボルゲーゼ美術館から次の目的地に徒歩で移動しながら、ホリノウチも言う。

「楽よね、ツアーは。ぼーっと景色を見てられるし」

確かに自分で旅を進めていたら、景色を見る余裕などあるかどうか。道を探すのも、食べる店を決めるのも。

「このツアー、食事は当たりかも」

ランチのために入ったレストランで、毎年二回はツアーで海外に行くというトキタがのたまう。メニューはスパゲッティ・カルボナーラとチキンソテー、チョコレートケーキ。確かに悪くない味だ。トキタいわくツアーは料金相応。金さえ出せば、そこそこのものは食べさせてもらえるという。

「ねえ、ケチャップをいただけない？」

ナカムラが同じテーブルについた添乗員に命じ、添乗員がウエーターに流暢《りゅうちょう》な英語で頼んだ。自分一人だったらどうしただろう。英語で何というか考えてみたが、すぐには浮かばない。

他にもありがたい点がある。ランチを終えて乗り込んだバスで座る前、佳乃子は日焼け防止のパーカーを脱ぐ手を止めてバス内を見渡した。

一人限定ツアーだけに、バスも一人に対して窓際と通路側の二席が与えられる。みんな窓外を見たり、スマホやタブレットを見たりと思い思いに過ごしている。

恋人や友だち、親と旅行したときのことを思い出した。景色に見とれていたいときも、疲れて口を利きたくないときも、相手を気遣って無理矢理会話をしていた。道に迷って気まずくなったことだってある。

ようやく身の置き所が分かった。皆と同じように割り切って、『みんなで一人旅』を、ツールとして使いこなせばいいのだ。

もっと貪欲に使い倒そうとしている者だっているではないか。トレビの泉に到着し、バスから降りる順番を待ってじりじりと通路を進みながらイデを見た。リュック男とすっかり仲良くなっている。妖精は意外と肉食系だ。感心していたら横から声をかけられた。席についたまま皆が降りるのを待っているマルヤマが、佳乃子にバスの窓外を示す。

「大取さんは、何をお願いしますか？」

さっき添乗員が説明したことを言っているのだろう。

――トレビの泉でコインを投げて願いごとをすると叶《かな》うと言われています。

新しい恋人との出会いに決まっているだろう、とは言えない。笑って誤魔化し、お先にどうぞ、と手で示した。他の座席の間に一歩入ってマルヤマを先に行かせたとき、サンダルの踵《かかと》に妙な感触があった。何だろう、と踵をのけ、座席の間の床を見て凍りついた。

ベージュのハート形から丸いガラスらしき何かが覗《のぞ》いている。レザーカバーのストラップ時計だ。そのガラス製の文字盤を佳乃子が踏んでしまったらしく、数字が見えないくらいにひび割れている。

「大取さーん？」

バスの乗車口から添乗員が急《せ》かし、イタリア人の運転手が何事か一緒に呼びかけて笑う。とっさに割れたストラップ時計をパーカーのポケットに突っ込み、乗車口へと通路を急いだ。

誰の時計だろう。

ツアー参加者のものでないように全力で祈る。前に乗った人が落としたんだ、誰も座らなかった席だと懸命に念じ続けた。


「ね、私の時計知らない？ ストラップになってるやつ」

ホリノウチの濁声《だみごえ》で、佳乃子の背筋は凍りついた。

夜の九時過ぎ、ラビオリとヒラメのソテー、ミルフィーユのディナーを終えてホテルに戻ったところだ。昨日トキタと泊まった部屋から、今夜ナカムラと泊まる部屋へと荷物を移したところにホリノウチが乗り込んできた。昨夜ナカムラと同室だったからだ。

「昨日、ベッドの横に置いて寝たのは覚えてるんだけど、ないのよ」

ずかずかと部屋に踏み込まれ、ナカムラがほんのわずか顔をしかめる。ホリノウチはおかまいなしでナカムラに歩み寄る。

「ほら覚えてるでしょ、あの時計。見せたらあなた言ったじゃない、可愛いって」

謝らなきゃ。パーカーのポケットに手を入れて時計をつかんだ。「あの」と切り出そうとしたとき、ナカムラに遮られた。

「バッグに入ってるんじゃありません？　内ポケットとか底とか」

ナカムラが、ホリノウチの膨らんだ胴回りにのったショルダーバッグを示す。荷物がいっぱいに詰め込まれてはち切れそうだ。

「バッグに付けてたのよ。一応、中も見たけど入ってなかったし。昨夜、部屋で落としたのかもしれないって思ってさ。あなたの荷物に紛れ込んでない？」

「いいえ。そんなことあるわけないでしょう」

「いいから。ちょっと見てみてくれない？」

ぴくりとナカムラの右頬が引きつれたのが、離れていても見て取れた。それでもナカムラはスーツケースを開け、ざっとかき回して「ないです」と言い切った。

「ちゃんと見て。あれ気に入ってんのよ」

ホリノウチがナカムラのスーツケースを覗こうとする。すかさずナカムラがフタを閉め、口元だけで作った笑顔をホリノウチに向ける。

「添乗員さんに言って、バスの中も見てもらったらいいんじゃないかしら」

チャンスだ。「あの」と切り出そうとしたらホリノウチに先を越された。

「見てもらったから言ってるの。落とし物はなかったって」

「だとしても私は存じませんから。ホテルの中を探されたらどうかしら。小さいものだし、うっかり落とす、ってこともありますでしょう?」

「うっかり!?」

ホリノウチが声を荒らげたので、びくりと身がすくんだ。

「そうねえ、私のうっかりかも。失礼しました!」

止める間もなくホリノウチが部屋を出ていく。まずい。追いかけようと踏み出した。

「待って!」

ナカムラに鋭い声で制されて凍りついた。おろおろする佳乃子を睨《にら》みつけたまま、ナカムラはスマホをつかむとタップした。

「ナカムラです。すみません、ちょっと部屋まで来て。ええ、604です」

返事を待たずに電話を切ったナカムラが、「ここにいて」と佳乃子に命じた。どうしようどうしようと焦っているとドアがノックされ、「何でしょう？」と添乗員が息せき切って現れた。

「ちょっとどこ行くのよ!?」

添乗員の背後から、ホリノウチの叫びが聞こえる。ナカムラはぐいと添乗員を部屋に引っ張り込み、ホリノウチの鼻先でドアを閉ざした。

「あの方、私を泥棒よばわりなさったんですよ。ねえ？　あなたも見てたでしょ」

ナカムラが佳乃子に同意を求めた。引き止められたのは証人にするためだったのだ。

ドアがノックされる。振り返る添乗員をナカムラがすかさず引き戻す。

「あの方だってね、そこら中に荷物を広げて、スーツケースだってぐちゃぐちゃで。時計だって、どうせ自分でなくしたんでしょう。だいたい非常識なんですから。お風呂だって占領するし、おせんべいを食べて部屋中せんべい臭くするし」

どんどん、どんどん。ノックが激しくなっていく。ナカムラの声も高くなっていく。

添乗員はナカムラとドアを交互に気にし、口元で小さく息をつく。佳乃子はポケットの中で握りしめた時計から、そっと手を離した。

「すごいわねえ？　歴史を感じるわあ」

ツアー三日目、朝一番に訪れたコロッセオを、ナカムラが佳乃子に日傘で示す。ローマ帝政期に造られた円形闘技場だ。

昨夜は添乗員にさんざん愚痴ったあと、ずっと険しい顔でタブレットに何か打ち込み、佳乃子がシャワーを浴びている間に寝ていた。打って変わって今日、佳乃子に愛想がいいのには理由がある。

「コロッセオが造られたのって、日本で言ったら何時代？」

ホリノウチはトキタに話しかけている。トキタに聞き流されても構わずに、楽しそうに話し続ける。ナカムラに対抗しているのだ。

ナカムラもホリノウチも大人、一夜明ければ落ちついているだろう。佳乃子の懸命な願いも空《むな》しく、二人は朝食会場で顔を合わせても、バスを待つ間も、観光が始まってからも一切口を利いていない。お前なんか眼中にねえ、と盛大にアピールし合っている。

仲良くなれなくても仲悪くはなれるのだ。

二人が歩く古代ローマ時代の遺跡、フォロ・ロマーノが戦場に見えてくる。

「あの人たち、何かあったの？」

カピトリーニ美術館に入ったところで、トキタが佳乃子に小声で尋ね、ホリノウチをあごで示した。

「今夜あの人と同じ部屋に泊まるから」

「ホリノウチさんとナカムラさん、ちょっとあって。……実は」

悩みを吐き出そうとした瞬間、「分かった」とトキタが広げた手のひらで遮った。

「細かいことはいいから」

さっさと離れていく白いTシャツの背中は、大理石の床よりも冷たく硬い。

イデは、と目で探すと、ガラスケースに並んだ古代のアクセサリーをリュック男と仲良く覗き込んでいる。添乗員は参加者に常に囲まれている。

やるしかない。眩しい光の中に出ながら、ポケット越しに時計を握りしめた。

観光バスに乗り込む。昨日、時計を踏んだ辺りの席を選んで座り、ポケットからそっと時計を出した。バスの床に落としておくのだ。誰かが見つけてくれれば、佳乃子の仕業とはバレずに済むだろう。

緊張して手のひらをなかなか開けない。こうするしかない、と自分に言い聞かせた。

ツアーはあと四日もある。その上これからホリノウチとも一夜を過ごさなければならないのだ。正直に打ち明けるのはリスクが大きすぎる。手のひらを開いて時計を落とそうと、少しだけ身を屈《かが》めた。

「大丈夫ですか？」

反射的に開いた手を握りしめた。

通路を挟んだ向こうの席から、マルヤマが身を乗り出して佳乃子を見ている。

あんたが昨日バスで話しかけてこなければこんなことにはならなかったのに、と心の中で八つ当たりしながら、「いいえ」と微笑んでみせた。時計を捨てるのは次の移動時にしよう。前に向き直ろうとしたとき、マルヤマがぐっと声をひそめ、ゆっくりと佳乃子に告げた。

「困ったことがあったら、何でも言ってくださいね」

ぴくりと頬が引きつった。まさか見られていたのか。佳乃子が時計を踏んで壊したところを。

通路でマルヤマを先に行かせようと後ずさった弾みに時計を踏んだのだ。バスに乗っている間、降りて歩きながら、何度も頭の中でその光景をリプレイした。

「大取さん、大丈夫ですか？」

添乗員からも声をかけられ、「大丈夫です」と浮かべた作り笑いが固まった。前方で石造りのライオンが口を開けて待っているのが見えたからだ。添乗員が説明する。

「皆さま、これが有名な『真実の口』です。嘘《うそ》つきが手を入れると、嚙《か》み切られるという言い伝えがあります」

一番手のナカムラが口に歩み寄って手を入れ、ホリノウチに当てつけるようにたっぷり泳がせてから引き抜いた。二番手のホリノウチは添乗員に「そろそろ」と言われるまで入れた手を出さなかった。

トキタたち参加者も次々と手を入れていく。佳乃子は「混んでるから」と理由をつけて列から抜け、真実の口にカメラを向けて誤魔化した。マルヤマがからかうように声をかけてくる。

「大取さん、ひょっとして嘘ついてます？」

「私は嘘なんかつけないわあ。すぐ顔に出ちゃうもの」

イデの言葉を聞いたマルヤマが「いやいや」と含み笑いを浮かべる。

「沈黙の嘘、というのもありますよ。言わねばならないことを黙っていること」

カメラを持った手を滑らせ、弾みでサンダルの足元を写してしまった。

やっぱりマルヤマに見られたのだろうか。

ヴァチカン美術館のシスティーナ礼拝堂でもマルヤマは佳乃子から離れない。混雑の中、添乗員と離れてしまった相部屋組に、ガイドブックを手にして正面の壁画を示した。

「こちらが有名なミケランジェロの『最後の審判』。死者を天国に送るか地獄に送るか裁く場を描いているそうです。向かって左は天国へ、右は地獄へ行く人々」

ホリノウチがさりげなくナカムラの左に動く。負けじとナカムラがホリノウチの左に動く。競り合う二人を見送ったマルヤマが、佳乃子にまた含み笑いを投げる。

神様助けてください。佳乃子はサン・ピエトロ広場の半円形の柱廊の上、ぐるりと並ぶ聖人の像に心の中で叫んだ。祈りの甲斐《かい》なく、後ろから「大取さん」とマルヤマが呼びかける。来て、とうながされ、逆らうこともできずに歩み寄った。

「ここが、ベルニーニポイントですよ。ほら、見てください」

言われたとおりに柱廊に目をやり、「あ」と声が出た。一瞬で景色が変わったからだ。四列の柱が一列に重なって見える。

「ものの見方は見る場所で変わる、ってことですね。ね？」

マルヤマがまた含み笑いを浮かべる。柱廊の上の聖人たちが、全員、裁判官に変わったように見えた。

結局、時計をどうすることもできないまま一日を終え、ホテルに戻った。

今夜は佳乃子がシングルルームを使える。二日ぶりに誰に気兼ねすることなく過ごせるというのに、何も手につかない。シャワーを浴びても、ベッドに入っても、頭の中がぐるぐると渦を巻いている。ヴァチカン美術館を出るときに下りた、巨大な螺旋《らせん》階段のように。

二晩隠し続けた今、ホリノウチに名乗り出るのも気が引ける。ゴミ箱を見かけるたびに捨ててしまおうかと考えたが、どうしても踏ん切りがつかなかった。たとえ捨てられたとしても、マルヤマに佳乃子が壊したとバラされたらおしまいだ。

こんこん、と音がして、シーツに埋めていた顔を上げた。

少し間をおいて音が続く。誰かがドアをノックしているのだ。

深夜〇時を過ぎている。添乗員ならスマホに連絡してくるはずだ。ホテルの従業員ではないだろう。来られるようなことは何もしていない。

そっと起き出し、音を立てないようにドアに歩み寄った。

ドアに覗き穴はない。息をひそめて気配を窺《うかが》うと、ドアのすぐ向こうに佇《たたず》む誰かの気配が伝わってくる。

こんこん、こんこん、と、いら立ったようにノックの音が速くなっていく。

どうすることもできない。気配を悟られないように息を詰め、耳を澄ます。

やがてノックが止《や》んだ。ちっ、と鳴った舌打ちの音は、明らかに男が立てたものだ。

足音がドアから離れ、消えていく。詰めていた息を吐き出した。

ベッドに戻り、再度テーブルに置いたスマホに手を伸ばしたが、すぐに引っ込めた。

添乗員を起こすのははばかられる。誰かに訴えたくても時差がある。日本の友人や親は、仕事中か夕食の支度をしている最中だ。

シーツの中で体をぎゅっと縮めた。一人が嫌でツアーに加わったのに、結局は独りぼっちだ。

人生という旅でも同じ。完璧なライフプランを立てたのに恋人は去った。人生には『みんなで一人旅』のような便利なツールもない。

肘掛け椅子の背に掛けたパーカーに視線を向けた。ポケットに入れたままの、壊れて止まった時計を思い浮かべた。

一人であることを受け止め、目の前の壁に立ち向かうしかない。それこそが、佳乃子の新たな旅立ちなのだ。


ツアー四日目の午前中は、ローマからフィレンツェに三時間かけてバス移動だ。

すぐ後ろの席からイデの声が聞こえ、佳乃子は窓にもたれていた頭をぼんやりと窓外へと向けた。

「あら、まあ、きれい」

ずっとバスのカーテンを見つめていた目に、今日も快晴の空が眩しい。その下に草原と森が広がり、電線を渡した鉄塔が規則的に現れては消えていく。日本の田舎と変わらない景色じゃないか、と視線を下げた瞬間息を呑《の》んだ。

高速道路に沿ったベルト状の草むらに、蛍のような金色の光がびっしりとまたたいている。

目を凝らすとヒマワリ畑だ。今が盛りと花片《はなびら》を輝かせて咲き誇るヒマワリの波が延々と続く。まるで佳乃子に向けて呼びかける幾千万の顔だ。

ヒマワリの代わりに自分で自分につぶやいた。

ヒマワリの波が途切れると、間もなくバスはサービスエリアに入った。みんなヒマワリを見て心が優しくなっていますように、と祈りながら、売店をうろうろしている丸い背中に「ホリノウチさん」と呼びかけた。

小学生のとき、教室の花瓶を割ったことを先生に告げたときと同じ気分だ。人は未知の場所では小学生に戻るのだと、『みんなで一人旅』に出てからつくづく感じる。

怪訝《けげん》な顔を向けたホリノウチに頼んでベンチが置かれた通路に来てもらった。たたんだハンドタオルに載せたストラップ時計を差し出す。

「申し訳ありません。バスの床に落ちていて、私が踏んでしまったんです」

言い出せずに今日まで来たことを説明すると、「んまあ」とホリノウチが濁声を上げた。「弁償させてください」と控えめに付け加えた。

「あなたねえ、どうして早く言わないの」

声を上げたのはホリノウチではなく、佳乃子の後ろにいたナカムラだ。閉じた日傘を握りしめ、佳乃子を睨みつけている。

「彼女が心を痛めてたのを見てたでしょう。私だって、どれだけ心配したことか。まったく信じられないわよ、隠してるなんて」

「いいわよ、もう」

「がんばれ」

ふうっ、とホリノウチが鼻から息を吐き出す。丸い肩が揺れたのは、肩をすくめようとしたのだろう。「だってあなた」と食い下がるナカムラを「いいって」と止める。ナカムラの怒りで、かえって気勢をそがれたのだろう。重ねて詫びる佳乃子に、「いいから」と笑いかけさえした。

「こんなの安物だし。じゃあ、これ買ってよ」

ホリノウチが売店の冷蔵ケースに歩み寄り、ミネラルウォーターのボトルを一本、そして「彼女にも」ともう一本取って佳乃子に渡す。

「言ってくれてよかったわよ。じゃなきゃ、ずっと気持ち悪いままじゃない。旅は一生の思い出になるんだし。ねえ？」

最後の「ねえ？」はナカムラに向けたものだ。

「だから、もういいから。そんな泣きそうな顔しないの」

鼻にシワを寄せたホリノウチの笑顔で実家の母親を思い出した。たぶんホリノウチにも子どもがいるのだろう。

ナカムラにも謝り、ボトルをもう一本、自分用にケースから取った。両手をいっぱいに広げて三本のボトルを抱え、レジに向かう。三角形に積んだ手の中のボトルが一本滑り落ちた。

「大丈夫ですか？」

身を屈めて拾ってくれたマルヤマが、佳乃子と一緒にレジに向かおうとする。

「大丈夫です」

作り笑いで奪い返してレジに向かった。もうマルヤマなんか怖くない。今朝、添乗員に「マルヤマが怖い」と相談したのだ。

——あちらもお客様ですから、あからさまなことはできませんけど、気をつけておきますね。

言葉どおり、添乗員はフィレンツェ到着後のランチの席を、佳乃子とマルヤマが添乗員を挟んで並んで座るように配してくれた。これならマルヤマに話しかけられても、添乗員がさりげなく話を引き取ってくれる。

ピザを頬張っていると、マルヤマと目が合った。何か言いたげな表情から目をそらし、休戦したらしいホリノウチとナカムラが、デジカメの写真を見せ合っているのを眺めた。


フィレンツェでの最初の観光地は、サンタ・マリア・デル・フィオーレ大聖堂《ドゥオーモ》だ。

その隣、地上八十数メートルあるジョットの鐘楼の、四百十四段の階段を上っていく。

トキタや一人部屋の女子たちは元気に先を行き、ホリノウチやナカムラ、イデとリュック男は添乗員と遥《はる》か後方。中間で一人、黙々と階段を上っていると、誰かが一定の距離を置いてついてくるのに気づいた。

石造りの壁に陽光を遮られ、ひんやりと涼しかった空気がにわかに肌寒く感じる。細い鉄の手すりを握りしめ、薄暗い石の階段を上りながら、全身を耳にして背後を探る。

鐘楼前での添乗員の説明中も、マルヤマは何か言いたげな表情で佳乃子を窺っていた。

試しに歩みをゆるめると、ついてくる足音もペースを落とす。

半分ほど上った辺りで立ち止まった。そっと背後の白髪交じりの頭を確認する。間違いない、マルヤマだ。

駆け上がるには急すぎる。下にいる添乗員やホリノウチたちのもとへ行きたいが、間にマルヤマが立ちふさがっている。

マルヤマがじりじりと距離を詰めてくる。いい加減にして、と頭に血が上った。

再び急な階段を上り、ところどころに穿《うが》たれた四角い小窓の前で足を止めた。背後の足音も止まる。素早くショルダーバッグを肩から外して持ち直した。スマホをパーカーのポケットに移し、フタを開けていない五百ミリリットルのペットボトルがバッグに入っているのを確認した。

——ペットボトルを入れたバッグは、とっさのときに武器になります。

出発前に読んだ「海外旅行安全読本」に書いてあった。

思い切り殴りつければマルヤマは急な階段を転げ落ちるだろう。どうなろうと自業自得だ。

　ぐるぐるとバッグのストラップ部分を手に巻き、足を止めて背後に向き直った。数メートル下にいたマルヤマもぴたりと足を止め、佳乃子を見上げた。

「私に、何か?」

　ゆっくり声をかけると、「先に」とかぶり気味に言葉を返された。

「これを見てください」

　マルヤマがホールドアップをするように頬の辺りに両手を上げ、ゆっくり階段を上って近づいてくる。バッグを構えながら目を凝らした。

　片方はパスポートだ。「丸山真敬《まるやままさたか》」と名前が記され、横には顔写真。もう片方の小さいカードをよく見せようとしてか、丸山は体を斜めにし、手だけを精一杯突き出した。同じく丸山の名前が記されたそれは、『みんなで一人旅』ツアーを主催する大手旅行会社の社員証だった。


「大取さん、大丈夫ですか?」

　大聖堂に面した通りで、佳乃子に歩み寄った添乗員が早口でささやく。

　次の観光地、ポンテ・ヴェッキオに行くまで、自由散策として一時間が与えられている。トキタや一人部屋の女子たちはブランドショップの下見に突進。ホリノウチたちは添乗員から離れない。「大丈夫です」と答えると、添乗員は不思議そうな顔でホリノウチたちのところに戻っていった。

変だと思われているだろう。通りにあるアイスクリームショップから、丸山がアイスクリームカップを二つ持って佳乃子の元にやってくる。

バッグから財布を出すと、「口止め料ですから」と笑ってスイカのジェラートを差し出してくれた。ありがたく受け取りながら、丸山を転落死させなくてよかったと胸をなで下ろした。店の前に置かれたベンチに丸山と並んで座り、赤く滑らかなジェラートを味わった。

「お客様の、貴重なお時間をいただいて恐縮です」

丸山はローマ支店への出張を利用し、このツアーに参加している。添乗員やツアー内容の覆面調査のためだ。帰りは「延泊」ということでツアーを抜け、電車でローマに戻るという。

「覆面調査は内々でやっていることですので、くれぐれもご内密に」

「添乗員さん、同じ会社でしょう？　バレないんですか？」

「大丈夫です。添乗員は子会社の所属なので」

添乗員はツアーの集客を左右する。人気のある添乗員にはファンがつき、不評ならばインターネットで拡散される。接客の質は重要だ、ということで行われているそうだ。

「参加者の皆さんには帰りの機中でアンケートを書いていただきますが、お疲れの方や、字を書くのが面倒という方もいらっしゃいますし。お客様の生の声を伺いたくて、参加者の皆さんに探りを入れていました」

丸山がためらうように一度言葉を切り、佳乃子を見た。

「大取さんは初めての海外旅行だと仰《おっしゃ》ったので、お伺いしたいことがたくさんあって。しっかりしていらっしゃる方だとお見受けしましたし」

そう見られるよう頑張っていた。けれど心は小学生だった。

「大取さんが今朝添乗員と話していて、そのあとランチの席が添乗員を挟んだ並びになったでしょう？　俺は嫌がられてるぞ、と気づきまして。弊社では一人参加の女性を守るとき、あの並びにするよう指導してるんです」

申し訳なくて顔が上げられない。

「これはマズいぞ、と。怪しいオヤジがいたと嫌な印象を抱かれて、ひいてはツアー参加を敬遠されたら困るなと。何より、楽しい旅行の思い出を台無しにしては申し訳ありませんし」

——旅は一生の思い出になる。

ホリノウチが言っていた。丸山も、それを気にしてジョットの鐘楼で佳乃子と話そう

れた。

「どういう意味だろう。目を泳がせた佳乃子を見て、すかさず丸山が意味を説明してくれた。

「とんでもないです。おかげでこうやって、ざっくばらんにお話しさせていただいていますし。トラブルとトラベルは一文字違い、ですよ」

計事件の戸惑いなどを、全部丸山にぶつけていたのだ。

知らなかったとはいえ、嫌な態度を取っていた。初めての海外旅行の緊張や不安、時

佳乃子は改めて丸山に頭を下げた。

「……すみませんでした」

と追いかけてきたのだ。

ツアー五日目も快晴の朝を迎えることができた。明日の朝、フィレンツェを発《た》ってローマ経由で帰国する。観光最終日の今日は、終日、自由行動だ。

待って、と駆け寄ったエレベーターは満員だ。「あらあ」「残念」とホリノウチやナカムラの声がする。オプショナルツアーに出る、添乗員と丸山、参加者たちだ。

「お先にどうぞ。行ってらっしゃい」

参加者たちに声をかけた。閉まるドアの向こうから、「お気をつけて」と丸山が声を

かけてくれた。ピサの斜塔やシエナを巡る一日ツアーを、佳乃子は添乗員に頼んでキャンセルしたのだ。「行きたいところができたから」と。

戻ってきた無人のエレベーターに乗り込む。階数ボタンの1を押してしまい、「あ」と声を上げた。

昨日、丸山に真夜中のノック事件を話すと教えてくれた。

――イタリアは一階が〇階、二階が一階です。

そのせいでおそらく、誰かが部屋を間違えてノックをしたのでしょう。

苦笑いしながらホテルを出た瞬間、眩しさに顔をしかめた。手にしたメモも陽光が反射して読みづらい。ジェラートをご馳走《ちそう》になったあと、丸山に頼んで書いてもらったものだ。

――小学生でも一人で行けるような場所はありませんか？

丸山はツーリストオフィスで地図とパンフレットをもらい、行き方を丁寧に教えてくれた。万が一の場合は電話するようにと、携帯電話の番号も教えてくれた。

目を細めてバス停の番号を何度も確かめた上で、フィレンツェ・サンタ・マリア・ノヴェッラ駅から市バスに乗った。地元の人とラフなスタイルでカメラを持った観光客が半々、満員だ。バーを握りしめ、窓に向かって立った。

バスが走り出した。窓から見えるのは道路の両側に並ぶ建物と並木だけ。前方は乗客に遮られてしまって見えない。丸山から渡されたメモをお守り代わりに握りしめ、大丈夫、と自分に言い聞かせる。

二十分近く走ると道がぐっと狭まった。窓から手を伸ばせば触れられそうな位置に、石造りの壁が迫っている。床を踏みしめた足の感覚で、バスが坂道を上り始めたことが分かった。大丈夫。間違っていない。

バスはトスカーナの丘陵地帯を、ゆるゆると上っているのだろう。窓外がよく見えるように、少しだけ膝を曲げて視線を下げた。

フィレンツェの中心部から遠ざかるにつれて、景色が徐々に緑色に染まっていく。窓で切り取られてしまっていることがもどかしい。もっと、もっと、と膝を曲げたり伸ばしたりしていると、突然景色がベージュに変わった。

建物が隙間なく並んだ小さな通りに入ったバスが、間もなく止まった。開いたドアから乗客が我先にと降りていく。ここが終点か、と運転席に顔を向けると、運転手がイタリア語で何ごとか言いながら片手を外に差し伸べてくれた。グラッツィエ、と頑張って笑ってみせ、バスから降りた。

バス停がある小さな広場は大聖堂と隣接している。石造りの鐘楼とその下の時計を見て、目指した場所、Piazza Mino da Fiesole に間違いないと安心した。

丸山が薦めてくれた観光スポット、フィエーゾレは、フィレンツェからバスで約三十分の距離にある、高台の別荘地だ。緑豊かな丘陵に点々と博物館や遺跡、一部を見学できる修道院がある。地図に従ってメインストリートを歩き出した。

——静かすぎず賑《にぎ》やかすぎず。歩いて回れますしね。

丸山が言ったとおり、フィレンツェと比べると観光客は驚くほど少ない。風が吹き抜ける音が聞こえるほど静かだ。

メインストリートの突き当たり、建物と建物の間に石畳のゆるい坂道が見えた。地図で確認し、坂道を上っていく。

角を曲がった辺りからぐっと勾配がきつくなった。石塀と石塀、建物と建物の間に延びる坂道を、転げ落ちないように足を踏みしめながら上っていく。丸山も言っていた。

——前だけを見て上ってくださいね。

勾配がきついせいで視界に入るのは石畳だけだ。人々の足で磨かれたのだろう、なめらかな石畳に陽光が反射して眩しい。肌に刺さるような強い陽射しで体が火照り、汗がにじむ。まるで登山だ。

坂道が途切れた。

道が右側に急カーブを切っている。その先には低い階段があり、修道院らしき建物に続いている。サン・フランチェスコ修道院。目指す場所は、その横にある有名なビュースポットだ。

——Landscape from Road to Saint Francesco.

息を整えてから、ゆっくりと左側に体を向けた。ぞくりと体が震えた。シャンパンの泡のように、背中に歓びが立ち上る。高台から見下ろす先に雄大な景色が開けている。

手前の丘陵沿いに丸く柔らかな広葉樹とワントーン濃い色の針葉樹が層を描き、赤茶色の細長い家屋が見え隠れしている。緑色と赤茶色の濃淡で染められたマーブル模様のようだ。美しい渦を見つめていると体ごと引きずり込まれそうな気がする。

その向こうにはバラ色の海が広がっている。丸山が言ったとおりだ。

——バラ色のフィレンツェが見られますよ。

フィレンツェの街に林立する赤茶色の屋根が細かな粒となり、雲間から落ちる光を受けてバラ色に煙《けぶ》っているのだ。

数日前、ピンチョの丘から見たローマの街並みよりも遥かに遠くまで見渡せる。バラ色が大聖堂の丸い屋根を境に濃い緑に色を変え、夏の青空と溶け合う。世界の果てまでも見えそうだ。

丘陵を吹き渡る風が木々を揺らす。その向こうに漂うバラ色の霞が、次第に天に向けて立ち上っているように見えてきた。

陽射しで灼《や》かれる佳乃子に向けて、さわやかな風が吹き付ける。

風が汗ばんだ肌を乾かし、まとわりつく髪を解きほぐす。体に淀《よど》んだ何もかもが、背を向けた昨日に向けて吹き飛ばされていくようだ。

正午に向けて眩しさが増していく。木陰を探して坂を少し下りた。

海に張り出した断崖のように、丘に向かって石の低い塀が続く小さな広場があり、旅人をいたわるように木々が優しく影を落としている。

そこに落ちつき、何枚も写真を撮った。撮っても撮っても、今見ている景色の美しさを写し取れていないようでまた撮る。

写し取れなどしないのだ、と気づいて撮るのを止め、身を乗り出して景色を見渡した。いくら見ても飽きない。背中から首へと立ち上る感激という細かい泡は、尽きることがない。

景色の美しさだけではない。坂を上り切ったときに、思わず顔をほころばせたもの。素晴らしいものへ自分でたどり着けた喜びだ。

バラ色のフィレンツェに向かって思い切り叫びたい。本当に小学生のようだと小さく笑ったとき、丸山の言葉を思い出した。

――トラブルとトラベルは一文字違い。入社したころ先輩が教えてくれました。

トラブルはいいことに繋《つな》がる旅、トラベルになるかもしれないんだ、ってね。

その先には、きっと目の前のフィレンツェのようなバラ色の世界が待っている。

景色を背にしてデジカメを自分に向けた。自撮りをしようと手を伸ばしかけて止めた。少し離れたところで景色を見ている白人の老夫婦に、シャッターを押してと頼んでみよう。

佳乃子はバッグから「旅のイタリア語会話」の本を取り出し、緊張をほぐそうとバラ色の風を思い切り吸い込んだ。

癒やしのホテル

七〇四号室に踏み入った瞬間、門松《かどまつ》は目を見張った。やはりここはただのホテルではない。

特大のスーツケース二つを押し入れながら奥に進む。細長く奥に延びるホテルの部屋は、よくあるワンルームだ。七・五畳といったところだろうか。左側の壁にヘッドをつけたダブルベッドが大半を占めている。

奇妙なのは最奥の窓だ。

腰高窓の左半分がクローゼットで塞がれている。盛夏八月の午後でカーテンが開いているにもかかわらず、室内が薄暗いのはそのせいだ。

狭いから仕方なく、というのなら分かる。しかし、入口の左側にあるバスルームは部屋と同じくらいの広さがあり、体を伸ばせるサイズのバスタブと洗面台が置かれている。洗面台の手前には、大の男が余裕で腕立て伏せができるほどのスペースがぽかんと空いていた。出発前、インターネットでホテル名を検索して拾ったコメントが頭に浮かぶ。

――このホテルはバリアフリー。

脚の延長手術をして車椅子に乗っても大丈夫！

書き込まれていたのは、美容整形手術の情報交換サイトだ。

ここ、ホテル・ヒーリングは美容整形手術を受けた患者のためのホテル。医療観光——地方から、あるいは海外から手術を受けにやってきた患者が、術後に長期滞在、療養できるように建てられたという。

場所は整形大国と呼ばれる韓国の美容整形クリニックが集中するエリア、整形ストリートと呼ばれる狎鷗亭《アックジョン》からほど近い江南《カンナム》の一角。ホテル前に止めた車から荷物を出すわずかな間だけでも、帽子とマスクで顔を隠した女を見かけた。

——でも、実際は七パーセント程度だそうですよ。

整形手術後の療養で滞在している宿泊客は。

空港まで迎えにきてくれたソウル支店の社員・成田《なりた》が言っていた。

三十二歳の門松は、東京にある総合商社でポリエステル製品の輸出に携わっている。ソウルにある得意先とミーティングや商談を行うために、四泊五日の予定でソウルにやってきた。ホテルを手配したのは成田だ。

「まあ、悪くはないか」

バスタブはジャグジーになっている。壁には合板の引き戸で隠された全身鏡。ビジネススーツのジャケットを放ったダブルベッドは病院仕様だ。

「お、すげえ」

リモコンのボタンを押すと、ベッドのヘッドレストが斜めに上がった。向かいの壁には四十二インチの液晶テレビが掛かっている。

電子レンジを載せたキャビネットの中にはグラスとカップ、皿とボウル。冷蔵庫もホテルにありがちなものより大きめで、ちゃんと冷蔵室と冷凍室が分かれている。食料を買い込み、人目を避けて引きこもるのにぴったりだ。

患者を想定して設けられた設備はそれだけではない。

八階建てのホテルは屋上がガーデンスペースになっている。支店に顔を出す前に覗《のぞ》いておこうと門松は部屋を出た。

エレベーターホールから出ると、板塀に囲まれた屋上は二色に分かれていた。塀沿いにはレンガ色の床材が貼られたウォーキングコース。その内側には緑色の人工芝が敷かれ、パラソル付きのテーブルとガーデンチェア、ベンチがいくつか。そして青く塗られたジャングルジムのようなものがあり、鉄棒や運梯《うんてい》、腹筋や胸筋、背筋、脚の筋肉を鍛えられるトレーニング器具が備えられている。

もちろん宿泊客専用だ。昼間ホテルに留《とど》まっている整形患者も、それほど人目を気にすることなく運動できるだろう。

そろそろ日が傾き始めるころだが、真夏の陽射《ひざ》しはまだまだ衰えない。額に背に、みるみる汗がにじむ。一度シャワーを浴びようと屋内に戻り、エレベーターホールに入った瞬間、門松はぎょっとして立ちすくんだ。

薄暗いホールにミイラが立っている。

外の眩《まぶ》しさでかすんだ視界が落ちついてくるにつれて、細部が見えてきた。フェイスラインを幅広のサポーターで、額と鼻を包帯で覆った女だ。口元はマスクで隠し、大きなサングラスまで掛けているから顔はまったく見えない。

ノースリーブの白い膝丈ワンピースから伸びる、すらりとした色白の腕と脚。そして華奢《きやしや》なヒールサンダル。どう見ても美容整形を終えたばかりの患者だ。

「すみません」

無意識に日本語で声をかけてしまい、あわてて英語で言い直した。

包帯女の横を抜けてエレベーターに乗り込み、閉ボタンを押す。ほっとドアに向き直った門松は再び身をすくめた。

サングラスがまともに門松に向いている。

クーラーの冷気より冷たい何かが、門松の全身を粟立《あわだ》たせた。

冷静に考えれば何の不思議もないことだ。宿泊客の七パーセントは美容整形の患者なのだから、そこここで出くわしてもおかしくはない。

ロビーのソファーで迎えを待ちながら、門松は周りを見渡した。

甲高い声が聞こえて振り返ると、宿泊客の若い女子三人組がフロントの近くではしゃいでいる。医療観光に来た中国人のようだ。

一人は鼻を、一人は顎先を大きな絆創膏《ばんそうこう》で覆い、一人は帽子のつばを目が隠れるほど下ろしている。皆、両手いっぱいにショッピングバッグを持ち、興奮冷めやらぬ様子で騒いでいる。街中でショッピングを堪能《たんのう》してきたのだろう。

——人工整形女神。

以前台北《タイペイ》の原宿と呼ばれる西門町《シーメンディン》で、美容整形外科の大きな看板を見た。整形前・整形後の写真を並べたものだ。

台北やソウルの繁華街だけではない。整形カミングアウト、整形ブログ、整形アカウント。日本のテレビやインターネット、SNSで美容整形の話題をよく目にする。門松が子どものころと比べたら、美容整形手術は遥《はる》かにメジャーになった。その証拠が、今見た整形女子たちの屈託ない笑顔なのだろう。

さっき屋上で出くわした包帯女も、どこかから医療観光にやってきたのか。あの包帯の下にも、さっきの三人組のような屈託のなさが隠れているのかもしれない。

「エクスキューズミー、サー」

フロントの女性スタッフが、書類を手に歩み寄ってくる。チェックインのときに受け取り忘れたものだ。微笑《ほほえ》んで礼を言うと、女性スタッフの頬が淡く染まったのが分かった。

書類をブリーフケースに入れてからカウンターに視線を向けると、フロントに戻った女性スタッフが、同じフロント担当の女性に早口の韓国語でささやきかけている。揃《そろ》って門松に顔を向け、視線が合うと恥じらってうつむく。またか、と門松は電源オフのタブレットに映った自分の端整な顔立ちを眺めた。

幼稚園児のころから女子に奪い合われ、女性教諭にひいきされていた。学生時代は雑誌の読者モデルとして活躍し、芸能事務所の人間に声をかけられたことも数えきれない。そんな自分が美容整形患者たちのために作られたホテルで過ごすことになるとは、と門松は可笑《おか》しくなった。

「お待たせして申し訳ありません」

成田が表に続くガラスの両開きドアから足早に入ってきた。顧客回りをするために、再び車で迎えに来てくれたのだ。約束の時間を十分近く過ぎている。

「この時間は道が混んでまして、どうしても。部屋はいかがでしたか？」

成田が外に向かいながら門松に尋ねる。

門松より一回り年上の成田だが、二度目の出張でも敬語を使っている。現地採用の社員であることを意識してのことだろう。門松の会社では本社採用の人間が格上とされている。

「うーん、部屋が薄暗いんですけど。なんか、窓が変な風に塞がれてるんですよね」

「あれは医療観光で泊まる患者さんのためじゃないでしょうか。薄暗い方が心が安まるからって、支店の女性スタッフが言って――」

「いや、それは分かりますけど。ホテルに日本人スタッフがいたら、そういうところもちゃんと気配りして、チェックインのときに教えてもらえたのになあ、って」

「すみません。急だったのとハイシーズンで……。場所と予算がハマって、門松さんがご希望のバスタブと全身鏡があるダブル以上の部屋はここしか」

「いいですよ。我慢しますから」

成田がもう一度「すみません」と頭を下げた。

「門松さん、よろしければ打ち合わせが終わったあと食事会はどうですか？　前回は忙しくて何もできませんでしたし、支店のスタッフとの親睦や情報交換をぜひ」

「これから支店に行くじゃないですか。そのときでいいですよ」

「いえ、業務中はなかなか話せないからと、スタッフの皆が申しておりまして。やり取りする上で、本社の人たちのこともっと知りたいと。ほら、性格ですとか、社内での立ち位置が分かればやり取りがもっとスムーズに――」

「業務外の時間は自由にさせてくれって言ってるでしょう」

しつこい成田につい語調が荒くなった。
「俺、やることがあるんで」

出張のメインである顧客回りと支店での仕事を終えてホテルの部屋に戻ったのは二十二時近く。手を洗っただけで冷蔵庫に直行した。

冷やしておいた持参のプロテインドリンクを飲みながら荷ほどきをする。洗面・風呂道具を入れたポーチをバスルームに、着替えを入れたケースをクローゼットに、部屋で使うものを入れたポーチをデスクの上に置いて完了。国内外を問わず出張が多いので慣れたものだ。

プロテインドリンクのお代わりを開け、真空パックのゆで卵いくつかとささみスモーク、そして大量のサプリをコーヒーテーブルに並べた。

持参したケーブルでタブレットをテレビに繋《つな》ぎ、夕食を摂《と》りながらポージングの動画を見る。もうすぐボディビルの大会に初めて出場するからだ。参加するのはフィットネスモデル部門——スポーツ雑誌に登場するモデルのように美しくつけた筋肉を競う。

門松が筋トレにハマってから三年になる。仕事の合間を縫って週五日はジムに通う日々だ。大手商社勤務だが幸い残業もさほどなく、二十時には退社できる。高給取りの上に独身で、ジムやサプリに費やす金には困らない。

筋肉をつけ体脂肪を落とすために食事も厳しく制限している。仕事の酒席は肝臓の数値が良くないと嘘《うそ》をついてウーロン茶で通し、好物の焼肉やスイーツを食べるのは月に二度まで。出張のときももちろん食料やトレーニング道具持参だ。今回は特大のスーツケース二つ分になったが、航空会社の上級会員の特典――荷物の個数や重量制限の緩和――をフル活用して何とか持ってくることができた。

簡素な食事を終えて立ち上がる。扉を開けて剝《む》き出しにしたままの全身鏡の足元には、持参のウォーターバーベルとトレーニング用ゴムベルトが置いてある。全身鏡に映った自分と、画面でポーズを決めるフィットネスモデルに交互に視線を向けた。

朝が早かった上に三時間弱のフライトと顧客回りで疲れ切っている。鏡に視線を向けた目が閉じてしまいそうだ。

「ん?」

門松は合板の引き戸に目を凝らした。

引き戸の中央に浅い凹《へこ》みがある。握りこぶしくらいの大きさだ。鏡を見て、己の姿にいら立って殴りつけたのだろうか。

門松もそんな衝動に襲われたことがある。食べたいものも食べず、厳しいトレーニングをこなしているのに、思うような筋肉がつかないときだ。

拳を固め、膝を曲げて凹みに当ててみた。

鏡に映った自分を見て想像するに、身長百六十センチくらいの人物が力任せに引き戸を殴りつけたのかもしれない。

包帯で覆われたミイラのような顔が頭をよぎった。


タンクトップとハーフパンツに着替えて部屋を出た。このままでは筋トレをせずに眠ってしまいそうで、屋上のトレーニング器具を試してみようと思い立ったのだ。

エレベーターに乗り込み、スマホの音楽アプリでトレーニングが盛り上がりそうなプレイリストを探そうとしたとき、閉まりかけたドアが開いて息を呑《の》んだ。

昼間、屋上にいた包帯女が、薄暗い廊下を背に立っている。

サングラスはひたと門松に向いている。昼間と違うのは、マスクを外し、赤く塗った唇を包帯の間からさらしていることだ。

包帯女がエレベーターに乗り込んでくる。習慣で開ボタンを押してやったが、無言のままくるりとドアに体を向けただけだ。

並んで立つと体の華奢さが分かる。鍛えた門松の体に比べると折れてしまいそうだ。剥き出しになった腕も白く細い。

「何階に行きますか？」

門松が英語で問いかけると、少しの間をおいて、ささやくような声がした。イヤフォンを取って「え？」と聞き返すと、ささやき声が少し大きくなった。

「門松くん、久しぶり」

「え？」

「私」

言ったあとで苦笑いしたのか赤い唇から息を吐いた。

「見ても分からないよね……。門松くんは財部《たからべ》商事で働いてるんだ？　すごいね、一流商社じゃない」

答える前にドアが開く。いつの間にか屋上に着いていた。先に下りた包帯女につられるように下りた。

「あのさ、悪いけど……君、誰？」

「門松くんはこんな時間に、なんで屋上？　あ、鍛えてるとか？」

サングラスが、門松が身につけたスポーツブランドのウェアと、手にしたタオルとペットボトルに向く。

「ん？」

ささやき声がまた聞き取れず、耳を少し女に近づけると「ごめんね」とすまなそうなささやきが聞こえた。

「今ね、声が枯れちゃってるの。全身麻酔で喉に管を入れたから」

相当な手術か、と眉をひそめた門松をよそに、女が板塀の向こうを見渡す。

「ここ、夜景がきれいなの。何回見ても飽きない」

「ごめん、君、誰なの？」

少し語調を強めて歩み寄ると、女が「あれ？」とささやいた。そして大きく開いたタンクトップの袖ぐりから覗く脇腹の上部を指で示した。

「門松くん、ここ、取っちゃったの？」

「え、痣《あざ》？　ああ、うん……」

乳首と脇の中間に、生まれつき五センチほどの茶色い痣があった。フィットネスモデルの大会を目指すと決めたときに取り、跡はほぼ見えなくなっている。

女が「そっか」とうなずき、少しズレたサングラスをあわてたように指で押し戻す。

「取ったのは、レーザー照射で？」

「え？」

「レーザー照射」

「ああ。あー、そうだった。そう、レーザーで――」

言葉が途切れた。

門松がタンクトップを着るのは筋トレのときだけ。着るようになったのも、筋トレにハマってからだ。

痣を見たことがあるのは、身内と男友だち、あとは寝た女しかいない。

女が数歩離れ、くるりとスカートをひるがえして、また門松に向く。

「ねえ、門松くん。今は彼女、いるの？」


——まさか、あの包帯女は俺の元カノ？

参鶏湯《サムゲタン》の白い鶏肉《とりにく》を箸で崩していると、昨晩見た包帯女の顔がまた頭に浮かんだ。ほろほろに煮込まれ、骨からはがれていく白い肉が包帯のように見えたからだ。

夕食時で混み合う参鶏湯専門店のテーブルで、今まで付き合った女たちを思い浮かべる。身長は、スタイルは、と包帯女と比べていると、「ねえ」と女の声に呼びかけられた。

二つの器から立ち上る湯気越しに、レナが顔を突き出すようにして話しかけてくる。

「意外。こんなに格好いい人が来るなんて、想像もしてなかったです」

「あ、それ俺が今言おうとしてた。こんなに可愛《かわい》い子が来るなんて嬉《うれ》しすぎる」

「実は今日ソウルで整形しました。なーんて」

レナが笑ってビールを飲む。

二十三歳の会社員・レナとは海外旅行サイトを通じて会うことになった。一人旅の者同士、「旅先で食事をしませんか」と募集を掛けるための掲示板があるのだ。海外出張でスケジュールに余裕があるときは、だいたい一つ二つは約束を入れておく。

今日も支店で仕事を終えてから、ホテルでカジュアルな服に着替えて待ち合わせに臨んだ。

「知ってます？　ソウルで整形しすぎて日本に戻れなくなっちゃう人がいるんですよ。顔が変わりすぎたとか、包帯で顔が見えないとかで、出国審査で止められちゃうの。だから帰国するために、整形した病院で整形証明書をもらわないといけないんですって」

お前本当に整形したんじゃねえのか、と心の中で突っ込む門松をよそに、レナが続けて尋ねる。

「今回は、どういう旅行で来たんですか？」

「んー、単なる骨休め。有休とマイルがたまってたしね。気分転換には海外が一番でしょ？　一人だから身軽に飛べるしさ」

「えー、マッツーさん、彼女いないんですかあ？」

マッツーというのはサイトで使うハンドルネームだ。

レナというのもおそらく同じだろう。ネットでのやり取りだけでのこのこやってくるのはどの女も同じだが、いつも以上にベッドに連れ込むのは簡単そうだ。レナは警戒することなくグラスのビールを飲み干していく。

「マッツーさん、海外ではいつもこうやって女の子と会うの？」

「まさか。初めてだよ。日本では仕事が忙しくて出会いがないから、思い切ってトライしてみたんだ。ほら、旅先って大胆になったり、思い切ったことができたりするじゃない？」

「そうそう。非日常ですもんね」

門松を見るレナの頬が上気してきたのが分かる。門松がじっと見つめると、照れ笑いで目を伏せる。一度くらい自分から女性を追いかけてみたい。興味を抱いた女は、ちょっとアプローチすれば、すぐに手に入ってしまう。

あの包帯女も、ひょっとしたらそのうちの一人かもしれない。

レナの旅日記――コスメを買って、服を買って、エステに行って、飲み食いして――を聞き流しながら、再び今まで付き合った女を頭の中で並べる。行列は途切れることなく続くが、進むほどに顔がぼやけていく。

骨から肉をすべてむしり終えても、包帯女の正体は見当もつかない。諦めて「ごちそうさま」と金属製の重たい箸を置いた。

「マッツーさん、肉しか食べないんですか？　この、鶏のお腹《なか》に詰めてあるもち米がおいしいんですよ。出汁《だし》を吸って、具からも味が出て」

「言ったじゃん、糖質は制限してるから。それよりレナちゃん、ビールの次は何飲む？　明日帰るんでしょ？　悔いがないように飲んどきなよ。酒、好きなんでしょ？」

「うん……。でも、私だけ飲むのは飲みづらくて」

　レナはグラスに残ったビールを飲み干し、「ごちそうさま」とテーブルに置いた。

「入口、結構順番待ちしてる人がいますよ。出た方がいいですね」

「そうだね、散歩がてらレナちゃんのホテルまで送るよ」

「え？」

「もっとレナちゃんの話、聞きたいし」

　レナが門松の顔を探るように見つめる。キメ顔で見つめ返し、「今何時？」とレナの腕時計を見る振りをして手首をつかんだ。そのままレナの手を引き寄せて握りしめると、少しの沈黙のあとでレナが切り出した。

「私、行きたいマッコリバーがあるんだけど。一緒に行きません？」

「だから、俺は糖質制限を――」

「焼酎もありますよ。それなら糖質ゼロだし大丈夫ですって」

　糖質ゼロでもアルコールを摂ると睡眠中の代謝が落ちてしまうのだ。聞こえない振りをして素早く計算した。

ホテルまで送る間に盛り上げて、レナの部屋まで押しかけるつもりだった。しかしこの調子でバーに行けば、レナは最低でも一時間、いやもっと飲むだろう。その間、水かお茶で我慢しても、そのあと部屋に入れてくれるとは限らない。

「残念だけど、今日は帰るよ」

「えー、せっかくなのに」

レナが不満そうな表情を浮かべた。レナだけではない。ここ三年、門松が出会った女たちは皆、遅かれ早かれ今のレナと似たりよったりの表情になった。

——つまんない。

ランチやディナーは鶏のささみとゆで卵とプロテインドリンク。トレーニングと仕事を最優先し、残ったわずかな時間は疲れてどこにも行きたがらない。そんな門松をひたすら癒やしてくれるような都合のいい女は今のところ現れない。

たまに現れたかと思うとあからさまな結婚狙いだ。一流商社に勤める男の妻になるためなら何だってする、というギラついた欲望が透けて見える。

最初は何とか理解してもらおうと頑張ったものだが、今はもう諦めている。代わりにこうやって出張先で後腐れがないように遊ぶ。

はちみつやシナモンなど性欲を搔《か》き立てるようなものを食べさせればよかった、と後悔しながら伝票を取った。テーブルチェックなので店員を呼ぼうと顔を上げると、レナの背後に見知った姿が佇《たたず》んでいた。

二時間前まで一緒に得意先回りをしていた成田がこちらを見ている。スーツ姿のままのところを見ると、会社帰りに食事に寄ったらしい。

反射的に向かいのレナを見ると、スマホに視線を落としている。成田に向けて小さく顎をしゃくり、あっちへ行ってくれと合図した。

成田が素直に応じて向かったのは近くの席だ。支社の社員らしき男性が二人、こちらに背を向けて座っている。成田が座ったのを見届けてからレナに声を掛けた。

「ごめん、俺、ちょっと電話しないと。今日はありがとう」

またいつかどこかで、と心にもないことを言ってレナを送り出し、店を出ていったのを確認してから成田を手招きした。

「妹がソウルに来てて、食事だけでも、ってことになって」

来るな、と制したのだから後ろめたいことだとバレているだろう。しかし成田は淡々と「そうですか」とうなずいただけだ。

「せっかくですから門松さんも一緒に一杯いかがですか」

「いえ、帰ります。まだまだ大切な仕事が控えてますから、体を休めないと」

「ご自分に厳しくていらっしゃるんですね」

抑揚のない言い方は、門松を揶揄《やゆ》しているようにも聞こえる。格の違いを思い出させてやろうと声を張った。

「本社の研修では、しつこいほど言われるんですよ。仕事のパフォーマンスを上げるには、自分のコンディションを整えることが一番大切だ。そのためには日常の行いを、常によりよいものにしなければいけない、とね」

成田が「なるほど」とうなずいた。

「行いは行くと書きますからね。旅人がやがて家に帰るように、行いもいつか自分に返ると」

「でしょう？」

そう、努力は裏切らない。美しい筋肉となって門松の体を輝かせる。

――人は三十歳を過ぎると自分と結婚する。

所属部署の上司が言っていた。大人になり、こだわりが身について自分優先になってしまう、という意味だ。

門松も自分と結婚した。ひたむきに自分だけを愛している。

早くホテルに戻ってプロテインドリンクでくつろごう。心の中で自分に呼びかけ、伝票を成田に差し出した。

「これ、お願いできますか」

「はい」

「成田さんたちの今日の食事代も一緒に経費で落としちゃっていいですよ」

「いえ、今は業務外ですから。門松さんたちの分だけ領収証をもらいます」

成田が通りかかった店員を呼び止め、門松を手で示して伝票を差し出した。せっかく言ってやったのに、と呆れる門松の前で、店員に金を渡して何ごとか告げる。タカラベ、というフレーズが聞き取れた。

店員がすぐにうなずく。さすが有名企業、と嬉しくなった門松の耳に、昨夜聞いたささやきが蘇《よみがえ》った。

――門松くんは財部商事で働いてるんだ？　すごいね、一流商社じゃない。


ホテルのエレベーターが七階に着く。門松は開くドアの前で身構えた。

薄暗い廊下に目を凝らしたが、包帯女はいない。一番奥にある七〇四号室に急いで向かう。両サイドに規則的にドアが並ぶ直線の廊下を足早に歩いた。

腑《ふ》に落ちなかった点の答えが見つかったかもしれない。

包帯女が門松の元彼女だとしたら、なぜわざわざ声をかけてきたのか。だいたい、美容整形手術をしたことを、知り合い、とくに元彼に知られたくはないだろう。

考えられることは一つ。それなりの覚悟で声をかけたということだ。

たとえば、門松に振られたことを恨んでいる。顔を隠していられるのをいいことに、何か仕返しをするつもりなのかもしれない。

「会社に乗り込む、とか……」

独り言が口をついて出た。

ホテルのフロントで包帯女のことを尋ねてみたが、教えてはもらえなかった。そんな客は何人もいるだろうし、第一、個人情報を漏らさないのはホテルスタッフの基本だ。

どうしたものかと唸《うな》ったとき、右側からすっと人影が現れて立ちすくんだ。

包帯女が門松の真正面に立ちふさがっている。

「お帰りなさい」

包帯の隙間から赤い唇がささやきかけた。

右側を見ると、ドアがない入口があり、奥に無料製氷機のコーナーがある。そこで門松を待ち伏せしていたのかもしれない。負けるものかと胸を張り、心もち顎を上げた。

「――こんばんは」

「遅くまでお仕事大変ね。お疲れさま」

そう言う割には、真正面に立ちふさがったまま退く気配はない。

門松は覚悟を決めて切り出した。

「あのさ、少し、付き合ってもらえるかな?」

「付き合う？」

「あ、時間をくださいって意味。ちょっと、話をしたいんだ」

あわてて言い直した門松を、サングラスがじっと見つめる。

「じゃあ、デートしましょう」

「はい？」

包帯とサングラスで覆われた顔をまじまじと見た。

この見た目で街を歩く気なのか。聞くに聞けず口ごもっている門松の前で、女は着ている袖無しパーカーのフードを被《かぶ》った。

「大丈夫、夜だから。サングラスはグッチだし」

そういう問題じゃないだろう、と言う間もなく、ひんやりと冷たい手が門松の腕を取った。そして廊下を突き進み、門松をエレベーターに引き込んだ。

ホテルを出ると包帯女は門松をタクシーに押し込み、自分も乗り込んだ。そしてポケットから出した紙になにやら書き付けて運転手に差し出した。

十分足らずで着いたところは漢江《ハンガン》公園だ。平日の夜だが、夕涼みに来たらしいカップルの姿をそこここで見かける。女が嬉しそうにささやく。

「ここ、ずっと来たかったの」

「足元、サングラスしてると見えづらいでしょう？」

つかまって、と女に腕を差し出すとサングラスが「ありがとう」と門松を見上げた。川岸のすぐ手前にある円盤形のオブジェまでエスコートしてやる。石造りで、何組かのカップルが座っても充分な間隔を空けられるほど大きい。

近くの屋台に出向いて水を二本買い、戻って女に一本を差し出すと、包帯顔が「ありがとう」と小首を傾《かし》げた。そして「見て」と漢江に顔を向けた。

漢江に掛けられた盤浦《バンポ》大橋の道路沿いには花のようにピンク色の照明が並び、橋梁《きょうりょう》に並んだ金色のライトは暗い水面に金色の筋を描いている。川向こうに視線を向けると、ソウル中心部のビル群は夜空をきらめかせ、真ん中でNソウルタワーが一際華やかに天を指している。

「きれい……。宝石をちりばめたみたい」

「俺が一緒でよかったのかな？」

門松は女のサングラスにキメ顔を映した。仮面を割って正体を突き止めるためには、ヒビを入れなければならない。

しかし、女は門松の問いを受け流して聞き返す。

「門松くん、今夜はトレーニングはいいの？」

「うん、朝もするしね」

「朝も？　大変だね」

「まあ、朝トレのあとのコーヒーは美味《うま》いから。脂肪の燃焼にもいいしね」

「そうなの？　ホテルの近くにおいしいコーヒーショップがあるの。一緒に行かない？」

わざと間を置いてから切り出した。

「君の名前、教えてくれるかな？」

「名前？」

「君の顔を見たらきっと思い出せるけど、今は、ねえ？」

「じゃあ、カイコ」

「カイコ？」

「ほら、糸を口から吐き出す虫。これ、繭に見えるでしょう？」

女が顔に巻きつけた包帯を指で示す。

「分かった、カイコちゃん。大丈夫なの、動いたり喋《しゃべ》ったりして。もう、痛みとかないの？」

「大丈夫、痛み止めも飲んでるし」

「大変な手術だったんだね？」

「うん。目を大きくして、鼻を細く高くして、額を丸くして。顎は引っ込めて、エラは削った。輪郭をシャープにしたの」

小さな女の子が粘土細工の人形について語っているようだ。

「腫れが引くまで時間がかかるけど、先生は見違えるようにきれいになるよ、って言ってくれた」

「怖くなかった？」

「それは……。それまではレーザーでホクロを取ったことくらいしかなかったし。でも、きれいになりたかったから」

「カイコちゃん、俺の元カノじゃないんだ？」

「え？」

「俺、きれいな子としか付き合ったことがないから。元カノなら、君もきれいなはず」

ふふ、とカイコは笑っただけだ。

「自分がきれいかどうかは自分の気持ちで決まるの。私、自分のことがきれいだとは思えなかった」

「向上心は素晴らしいことだと思うよ。カイコちゃん、行いは行くと書くよね。旅人がやがて家に帰るように、行いもいつか自分に返るんだ」

成田の言葉を拝借し、そして付け加えた。

「カイコちゃんは理想の顔になって、素晴らしい人生を歩むことができるよ。絶対」

「きれいになることと幸せになることは別」

「そんなことない。今の努力はきっと、カイコちゃんを幸せにするよ」

さっきより小さくなったささやきが聞こえた。「ん？」と聞き返すと、少し間を置いて「努力」とつぶやく声が聞き取れた。

「勉強したり、運動したり、ダイエットをしたりすると讃《たた》えられるよね。向上心だ、素晴らしい、って。なのに美容整形をする、した、って言うと、引いたり笑ったり蔑んだりされる。どうして？　美容整形だって勉強や運動やダイエットと同じ、自分を磨こうとする努力じゃない」

枯れた声が少しだけ大きくなる。

「もっときれいになりたい。だから努力するのに、家族や友だちでさえ分かってくれない。整形なんか必要ない、考えすぎ、不自然、気持ち悪い、お金が勿体《もったい》ないって……。私の努力を平気で否定する。美容整形の弊害についての記事をわざわざ見せつけたり。私が、どんな思いでいるのか分かろうともしないで……。美容整形っていう努力は、私を寂しくもさせるの」

握ったペットボトルが音を立てた。

サングラスがこちらに向き、包帯顔が窺《うかが》うように門松を見上げる。

「ごめんなさい、つまんない話して」

「そんなことないよ」

「だって門松くん、怖い顔してる」

「それは、感動したんだよ。カイコちゃん、頑張っててえらいなあ、って。自分を磨こうとする努力を否定する奴《やつ》の方がおかしいから」

そう。みんなおかしいのだ。門松を否定した奴らは。

――必要以上に筋肉つけてどうすんの。

――自己満足のためだけのムダな筋肉。

ナルシスト、金が勿体ない、体に悪い、自己満足。まさにカイコが言うところの「努力の差別」を、この三年間、何度も味わってきた。

人によって価値観が違うのは当たり前だ。それでも、きついトレーニングと仕事の両立で疲弊し、厳しい食事制限でストレスを抱えているときに否定的な言葉を浴びせられるのはたまらない。そうでなければ食事制限を破らせようと誘惑して門松を苦しめる。

――糖質ゼロだから大丈夫。

さっきのレナのように、よく知りもしないくせにえらそうに言うのだ。

「ありがとう」

ささやき声がした方を向くと、サングラスがじっと門松を見ている。

「昨日ね、門松くんが会社の人とホテルのロビーに入ってきたのを見かけたの。財部商事に勤めてるっていうのも、そのときに二人の話を聞いて。こんな姿を見られたくないから、隠れてたんだけど……。門松くんがフロントの人に、屋上ガーデンのこと、トレーニング設備のことを聞いてたでしょう？　体を鍛えてる、って。それを聞いたら、どうしてももう一度会いたくなって。門松くんなら、私の気持ちを分かってくれるような気がして」

カイコが立ち上がった。

「門松くんと話せてよかった。そろそろ帰りましょう。門松くんはお仕事があるし、私も明日は診察に行くから」

またカイコをエスコートしながら、タクシーがつかまる道へと歩いた。「優しいね」とカイコがささやく。

「ね、ホテルの近くに、とってもおいしいコーヒーショップがあるの。門松くんがソウルにいる間に一緒に行かない？」

「うーん、スケジュールがね……。朝は時間がないし、明日あさっては帰りが遅いし。とくに最後の夜は会社を代表しての接待だから、とことん得意先に付き合わないといけないんだ」

「すごいお仕事をしてるのね」

「まあ、会社から期待されてるのはありがたいかな。大変だけどね。最終日なんて、朝一のフライトで日本に戻って即会議」

「そうなんだ、じゃあ仕方ないね……」

ささやきが寂しそうに聞こえた。焦《じ》らして気を惹《ひ》く作戦はうまくいきそうだ。

作戦はそれだけではない。


朝十時、職場に向かう人や車の流れが落ちついたころ、今日もホテル前の通りを顔を覆った女たちが通る。

ホテルの向かいのカフェで表通りに面したテーブル席に陣取った門松は、ハーフミラーになっていて外からは見えにくいのをいいことに、女たちを眺め回して暇を潰した。

成田に無理を言って、急きょ午前中の予定を午後の空き時間にずらしてもらったのだ。クリニックのオープンは九時辺りと見当をつけ、朝八時過ぎからここでホテルの入口を見張っている。

今日も快晴だ。陽射《ひざ》しが強いのだろう、重装備の顔に集まる熱を放つように、女たちはノースリーブやミニ丈のスカートで腕や脚を剝き出しにして足早に歩いていく。

——私を寂しくもさせるの。

昨夜のカイコのように、あの女たちもそれぞれ孤独を抱えているに違いない。

「来た」

ホテルの入口からカイコが出てくるのを見て、喜びが口をついて出た。

カイコは今日もワンピース姿で、深々と被ったキャスケットとサングラス、マスクで顔の大半を隠し、大きなトートバッグを肩から提げている。門松もサングラスを掛けて店を出た。

二十メートルほど先にカイコの後ろ姿が見える。距離を保ちつつ、あとをつける。カイコが向かう美容クリニックがどんなところか分からない。だが、運が良ければ名前を呼ばれるところに居合わせることができるかもしれない。それが叶《かな》わなくても、追っていればカイコが誰かと会ったり、何かの拍子に名前を口にするかもしれない。

カイコは地図も何も見ることなく、迷いのない足取りで歩いていく。信号で足を止めたので、とっさに道端の露店に体を隠した。横断歩道を渡っていくのを確かめて、また追う。

やがて通りの人口密度が一気に高くなった。

道の両側には看板がひしめいている。ハングルに交じって「美容」「医院」「毛」「Clinic」「Beauty」という文字が目に飛び込んでくる。

——狎鷗亭《アックジョン》、整形ストリート。

カイコが行きそうなエリアを、昨夜インターネットで調べておいた。芸能事務所と美容整形クリニックが密集しているという。実際に歩くと表通りより露骨な看板は少ないが、それでもクリニックらしき建物や入口があちこちで目に付く。

ワンピースの後ろ姿が右に曲がり、立ち並ぶビルの間に消えていく。カイコを見逃さないようにと目を凝らした瞬間、目の前を立て続けに車が通って遮られた。

小さく足踏みをして車が通り過ぎるのを待ち、飛び出すようにして追った。カイコが消えた食堂と土産物屋の間の道に駆け込む。

「え……?」

まっすぐに伸びている道を見渡しても、追ってきた後ろ姿がない。

小走りで道なりに進んでみた。どこかに整形クリニックがないかと道の両脇を交互に見る。一心に首を振っている門松を見て、向かいから来る人が不思議そうな表情を向ける。

角を曲がり、また角を曲がる。

そして門松がたどり着いたのは、さっきの食堂の前だった。

「痛っ!」

扱い慣れているはずのトレーニングチューブでしたたか腹を打ち、門松は舌打ちしてさすった。

結局、その後カイコと遭遇しないまま四日目の朝を迎えた。鏡の前に立って腹を確認し、痣になりそうもないことを確かめる。ついでに鏡を見ながら自分に言い聞かせた。

「もういいだろ、なんてことない」

カイコが顔を隠して門松に近づけるのは、ソウルだから、旅先だからだ。日本に帰ればそうはいくものか。そして旅はもうすぐ終わる。

今夜はこの出張のメインである接待で遅くなるだろう。明日は早朝にホテルを発《た》ち、朝一のフライトで東京に戻る。羽田空港でシャワーを浴びてから会社に直行する。特大スーツケース二つに荷物をつめているとノックの音が門松の心臓を叩《たた》いた。

「はい」

日本語で答えていた。

ドアを開けるとカイコが立っていた。今日も大きめのトートバッグを肩に掛けている。マスクの向こうからささやきが聞こえた。

「早くからごめんなさい。チェックアウトするから挨拶に来たの。これ、漢江で話したおいしいコーヒー」

カイコがコーヒーショップのロゴが入ったビニールバッグを差し出した。紙製のスタンドにフタ付きの紙コップが差し込まれている。

「門松くんの口に合うといいんだけど。ね、どうかな？　味見してみて」

「え、ああ……」

言われるままに一口飲んだ。機械的に「おいしい」と作り笑いを浮かべると、カイコが「よかった」と包帯を巻いた顔を少し傾けてみせた。

「カイコちゃん、日本に帰るの？」

「うん。あとは日本で手術した顔の腫れが引くのを待つの」

切って削って縫って貼った顔が治るプロセスをカイコが教えてくれるが耳に入らない。このままではカイコの正体は分からないままだ。落ちつこうとコーヒーを飲みながら、突き止める手段を懸命に考える。

しかし思いつく前にカイコの説明は終わってしまった。

「漢江につれていってくれてありがとう。門松くんと一緒に行けて本当に嬉しかった」

「うん……」

「門松くんが元気そうでよかった。お互い自分磨きを頑張ろうね。どこかで応援してる」

カイコが肩にバッグを掛け直す。とっさに告げた。

「あ、ちょっと入って」

「え？」

「カイコちゃんに渡したいものがあるから。いや、大丈夫だから」

ベッドに行き、上に置いておいたウォーターバーベルを取ってきた。床に屈《かが》んでドアに挟める位置に置くと、カイコは安心したのか部屋に入ってきた。招き入れてドアを閉めた。

ドアが十センチほど開いたままで固定される。それでも廊下から部屋の中までは見えないだろう。

カイコが特大スーツケース二個を見て、両手を頰の辺りに当てる。

「わあ、こんなに荷物を持ってきたんだ」

「ねえ、東京に帰ったらゆっくり会わない？　カイコちゃんの体調が戻ったころでいいよ」

諦めるつもりだったのに、いざとなるとやはり正体を確かめずにはいられない。

「連絡先を交換しようよ」

「ソウルで素敵な再会ができただけでいいの。ここでさよならしましょう。思い出はシワやシミができちゃっても手術できないもの」

「じゃあ、俺の連絡先だけ渡しておくよ。もし、カイコちゃんの気が変わったら、いつでも連絡して」

仕事用のバッグに手を入れて、メモ用紙を探す振りをしながら、素早くカイコを一瞥《いちべつ》した。レナが言っていたことを思い出したのだ。

――帰国するために、整形した病院で整形証明書をもらわないといけないんですって。

顔中を大改造したのなら、きっと持っているに違いない。

肩に掛けた大きめのトートバッグは機内に持ち込むものだろう。チケットはスマホの中だとしても、パスポートや整形証明書はきっと、あの中に入っている。

門松は素性を知られているからめったなことはできないが、整形証明書を手に入れれば話は別だ。

「あ、そうだ。連絡先よりも」

声をかけると、カイコが「なあに？」と門松に近づいた。

「カイコちゃん、ＳＮＳはやってない？　そっちで繋がるのはどうかな、って――」

勢いよく振り返り、手を滑らせた振りをして紙コップをカイコにぶつけた。

フタを取っておいた紙コップの中身が跳ねて、カイコのワンピースの胸元にかかる。カイコが小さく声を上げ、バッグを肩から滑り落として服についたコーヒーを見る。

「ごめん！　火傷《やけど》してない!?　早く洗わないと。タオルも使って」

バスルームのドアを開けると、カイコは素直に入っていく。閉まったドアの向こうから、間もなく水音が聞こえ始めた。

トートバッグが床の上で門松を待っている。

ベッドにバッグを置いた。ファスナーはどこから開けるのだろう。なぜか目がかすんで、なかなかファスナーの留め具が見つからない。

目を凝らしてやっと見つけたが、今度は指でうまくつまむことができない。

トートバッグの傍らに腰を下ろした。全身がみるみるうちに重く痺《しび》れていく。薄暗い部屋がさらに暗くなっていく。

「どうしたの？」

カイコの声が聞こえたときには、耐えきれずにベッドに倒れ込んでいた。


目覚めるとベッドの上で大の字になっていた。

節々が鈍く痛む。頭は重く痺れ、窓からの乏しい光さえも瞼《まぶた》を刺す。

寝返りを打って時計を見ると十二時を過ぎている。三時間ほど眠ってしまったらしい。

「やばい！」

跳ね起きて辺りを探った。支店に遅刻の連絡をしなければならない。しかし、スマホはどこにも見当たらない。

――どうしたの？

ささやき声と包帯顔がぼんやりと頭に浮かんだ。この異常な眠気といい、カイコは門松に何をしたのだろう。

あわててデスクに置いたパソコンをチェックしたが変わりはない。仕事用のバッグに入れたタブレットも、財布もパスポートも無事だ。

だとしたら、とタンクトップとハーフパンツ姿の自分の体を見下ろした。体も何かされた様子はない。そのときノックの音が聞こえた。

「成田です。門松さん、いらっしゃいますか」

ほっとしてドアを開けると、成田がいつもの無表情で立っていた。

「すいません、遅刻して」

「どこにいらしてたんですか?」

「どこにって」

「昨日丸一日連絡が取れなくて、今朝になっても」

「丸一日? 何言ってんの、まだ半日も」

笑おうとした顔が引きつった。

「今、いつ?」

「いつって、金曜、帰国の日でしょう」

「金曜!?」

丸一日飛んでいる。三時間ではない、二十七時間寝ていたのだ。

朝晩のトレーニングとカイコのことで睡眠不足だったが、それだけでここまで眠り続けるわけはない。

「コーヒーだ」

つぶやいた門松をよそに、成田は傍らに控えたホテルスタッフに韓国語で何ごとか話しかける。ケンチャナ——大丈夫——と言われたスタッフが去っていく。

「成田さん、接待は!?」

「いくらなんでも失礼じゃないですか、すっぽかすのは。あちら様もかなり気分を害されていましたよ」

「なんで連絡してくれなかったんですか、ホテルに様子を見に来るとか!」

「私は門松さんの代わりに接待をしていましたから。スタッフに命じて門松さんの携帯に連絡させましたが、何度電話しても出ないと。仕方なく本社にも連絡しました。門松さんが妹さんとソウルで会っていらしたので、妹さんに行方を知らないか連絡を取ってほしいと」

門松に妹はいない。出張中に女と会っていたと、会社に告げ口されたのと同じだ。

こいつは嘘を察していながら、わざと本社に告げたのだ。睨《にら》む門松を成田は平然と見返す。

「帰国後すぐに会議もあると伺いましたが」

今日、門松は朝一のフライトで帰京し、十三時からの会議に出席する予定だった。こちらも絶対に間に合わない。エアチケットも自前で買い直すしかない。

「チェックアウトの時間を過ぎています」

「延長するってフロントに言って。チェックアウトもやっといて」

「あいにくですが、本社から自分の仕事を優先するようにと言われましたので」

「はあ!?」

「これ、さっきロビーに届いたそうです」

成田は門松にB5サイズのクッション封筒を押しつけて会釈をした。そして門松の呼びかけをぴしゃりとドアで断ち切った。

「ああ！」

吠《ほ》えてから封を切る。そして門松は目を見張った。

入っていたのは門松のスマホだった。薬の効きが悪くて目覚めてしまっても、すぐ誰かに連絡が取れないようにカイコは持ち出したのだろう。

虹彩認証を設定しておいたのが不幸中の幸いだ。ロックを解除されて個人情報を漁《あさ》られたり買い物をされたりということはない。ふらつく体で帰国のフライトを確保しようとタブレットを探して電源を入れ、会社に連絡するのが先だと気づいてスマホの電源を入れたとき、電話が鳴った。

番号は非通知だ。出ると聞き慣れたささやき声が「おはよう」と語りかけた。

「お前――」

「門松くんの会社の人、今ホテルを出ていったよ。可哀想《かわいそう》、もう面倒みてもらえないの？」

「何なんだよこれ、なんで……！」

カイコは今ロビーにいるのだろう。

片手をスマホに塞がれて苦心しながら、急いで着替えて靴を履く。カイコはその様子には気づかないようで楽しげに話し続ける。

「白雪姫はリンゴを食べて昏睡《こんすい》状態になるよね、魔法の鏡で探りを入れられて、うまいこと言いくるめられて、渡されたリンゴを自分で食べちゃうの」

「最初っから計画してたのかよ」

「チェックインするあなたを見かけたときからね。屋上ガーデンのことを聞いていたから、顔を隠してあなたを待ち伏せした。あなたが私に気づかないことを確認してから、改めて近づいた。私たちに共通項があってよかった、整形と筋トレ」

「一緒にすんなバケモノ！」

スマホのマイクを指できつく押さえてドアを開け、廊下に出た。カイコが笑い、そして門松らしき男の口真似《くちまね》をする。

「『ごめん、その顔無理』『もう一度俺に会いたかったら整形してきて』。あなた、私を捨てるときにそう言ったよね」

「そんなこと……！」

よく言っていた。しつこい女にはそれくらい言わないと諦めてもらえないからだ。

「私はあなたのその言葉で整形したの」

「いや、記憶にないし、言ったとしてもきっと冗談で――」

「心の痣は何をしても取れないの」

カイコのささやきがぐっと低く、鋭くなる。

「私は、あなたが私に気を許すように仕向けた。あなた寂しい人ね、正体不明の女に、まんまと自分のスケジュールを話しちゃって。あなたが大事な接待を控えてるって分かったから、私は台無しにしてやることにした」

エレベーターに乗り込みLBのボタンを押す。

「あなたは体を鍛えてるし、私が力ずくで薬を飲ませることはできない。でも、あなたが私の正体を知ろうと尾行までするようになったのを見て、釣れたって確信した。そしてあなたは、私が差し出した毒リンゴ、じゃなくて毒コーヒーを飲んじゃった。睡眠薬をたっぷり入れておいたの。あなたのその怒りっぷりからすると、大切な接待をすっぽかしちゃっただけじゃなさそうね」

くくく、とカイコが笑う。笑ってろ、と心の中で毒づきながらエレベーターの階数表示を睨む。

「門松くん、言ってたよね。旅人がやがて家に帰るように、行いも自分に返ってくるって」

「手術して痛いんだか辛《つら》いんだか知らないけど、俺に八つ当たりすんな」

やっとロビー階に着いた。エレベーターを飛び出してロビーを見渡す。

十メートルほど先の出入口前にシャツワンピースを着たカイコが立っている。キャスケットを被り、こちらに半ば体を向けてスマホを耳に当てている。

カイコのサングラスが門松に向いた。

チェックアウトや延泊の申し出を済ませていないからだろう。さっき部屋に来たスタッフが近づいてきたが、待てと制してカイコとの距離をじりじりと詰めていく。

カイコは動じない。スマホを通じてささやき続ける。

「あなたバカじゃないの？　顔全体を手術して包帯も取れないうちに、こんなぺらぺら喋れるわけないでしょう？　睡眠薬を飲んだって痛みでろくに眠れなかったくらいなんだから。手術後のダウンタイムはとっくに終わってる」

カイコが踵《きびす》を返し、表へと飛び出していった。

「待てよ！」

追ってロビーを突っ切った。スタッフの呼び声が聞こえたが、かまわずドアを突き開けて表に飛び出した。

カイコの姿は消えている。焼けつくような暑さの中やみくもに駆け出し、一番近い角を曲がって門松は立ちすくんだ。

キャスケットとシャツワンピースが脱ぎ捨てられている。その横には白い固まりが落ちている。

拾い上げると、フェイスサポーターに包帯を仮面のように縫い付けたものだ。

カイコが言っていたことを思い出した。

――門松くんが会社の人とホテルのロビーに入ってきたのを見かけたの。

財部商事に勤めてるっていうのも、そのときに二人の話を聞いて。

門松と成田は普通に話していただけだ。ロビーで二人が見える位置にいた人間でなければ話が聞こえるはずはない。

カイコはロビーにいたのだ。包帯もサポーターもつけることなく。

向きを変え、人々が行き交う通りを見渡すと若い女は何人もいる。道端で、向かいのカフェの前で、止めた車の中で、スマホを耳に当てているものが。

この中にカイコがいたとしても、門松には分からない。

追ってきたホテルのスタッフたちが門松に向かって怒声を上げる。無意識にまだ耳に当てていたスマホから含み笑いが聞こえた。

「私たち、いつか、またどこかで会うかもね」

ぶつりと通話が切れた。

ROUND TRIP

空飛ぶ修行

【土曜・五時／栞《しおり》】


「おはようございます。お待たせいたしました」

旅の始まりを告げたのは、凛《りん》とした女の声だった。松永《まつなが》栞を包んでいた眠気を、磨き抜かれた自動ドアが払いのける。

ぴしりと制服に身を固めた係員が、栞と千原風馬《ちはらふうま》、そして同じようにオープンを待っていた数人の客に挨拶し、「CLOSE」と記されたスタンドプレートをどける。

今、栞たちが入場を待っている「ロイヤルチェックイン」は、羽田空港国内線ターミナルの細長い出発ロビーにある。国内大手航空会社の日本中央航空が、ロイヤルクラスと称する特別席を利用する乗客専用に設けたゲートだ。

生まれて二十七年目にして、初めて足を踏み入れる。風馬も栞と同じだ。栞はショルダーバッグを肩に掛け、風馬は自分のトートバッグを載せた二人共用のキャリーバッグを引いて、グレーの濃淡でまとめた高級感溢《あふ》れるエリアを進んだ。

すぐにロイヤルクラス専用の保安検査場が現れる。特別な乗客は列に並ぶことなく、あっという間に保安検査を終えることができるのだ。

搭乗を待つ場所も同じように、専用のラウンジが設けられている。受付でロイヤルクラス搭乗券をスマホ画面に表示すると、微笑《ほほえ》みとともに中へと送られる。短い通路の先で待っていた光景に、栞は小さく声を上げた。

濃紺とシルバーの内装がシックなラウンジが広がっている。ぐるりと取り囲むガラス窓の向こうには、晩秋の朝を迎えつつある滑走路が見える。

「ね、ね、すごくない？」

「声が大きい」

栞を制した颯馬も「まあまあすごいよな」と小さく付け加えた。

「ロイヤルクラスの値段が高いのも分かる。こういう特典があるんだから」

「LMCに入ったら、これが毎回なんだよね」

ロイヤルメンバーズクラブ、LMCは、日本中央航空が設けている上級会員制度だ。ロイヤルクラスに何度も乗り、スカイポイントと呼ばれるポイントを有効期限内に五万ポイント貯《た》めるとLMCに加入できる。年間一万円強の会費を払い続ける限り、普通席を利用するときも、ロイヤルクラスの乗客と同じ特典を一生享受できるようになるのだ。

専用保安検査場にラウンジ、普通席より先に機内に案内される優先搭乗。預ける荷物の重量制限も緩和される上、プライオリティタグがつけられて一番先にターンテーブルに出てくるという。

——大丈夫、金は掛かっても元は取れるって。

張り切って説明してくれた風馬の言葉を思い出した。

——二人で旅行すると、いつも時間が足りないなあ、って話になるじゃん。

LMCを取れれば、荷物の受け取りとか、保安検査とかの時間を短縮できるよ。ラウンジや優先搭乗で体力の消耗も減らせるし。

栞が北海道の実家に帰省するのも楽になるしさ。

旅好きの栞が常々望んでいたことばかりだ。この先、結婚して子どもをもうけ、北海道の実家に帰省するときのことを想像すると、是が非でも欲しくなった。

LMCの会員は年々増え、二十代で取得する人も珍しくないという。少々贅沢《ぜいたく》かもしれないが、自由が利く若いうちに頑張って取るのもいいかもしれない。

しかし、ごく普通の勤め人である二人が簡単に取れる資格ではない。

「修行、頑張ろう。負けられない戦いだからね」

滑走路を見渡せる窓際の席に向かいながら、栞は風馬に小声で告げた。

必要な五万ポイントをできるだけ金を掛けずに貯めるには、チケット代以外の費用を極力削るしかない。そのためにLMC入会を目指す者たちは知恵を絞る。そして生み出されたのが「修行」と呼ばれるフライトルートだ。

羽田と那覇《なは》を一日二往復、一日で日本一周、滞在時間わずか六時間のシンガポール往復。滞在費や宿泊費がなるべく掛からないようにフライトを凝縮し、空港から出ない。普通の旅行者が考えないようなハードなフライトプランだから「修行」だ。

そして「修行僧」となった栞と風馬は、その中でもトップクラスの「修行」にこれから挑む。

無料のドリンクカウンターからコーヒーを取ってきた風馬と入れ替わりに、栞は席を立った。同年代の男子が一人で座っているのはちらほら見かけるが、栞たちのような若いカップルは見当たらない。

年配のグループは早朝だというのに、無料のスナックをかじりながらグラスビールを豪快に空けている。栞もグラスビールとスナックの小袋を手に席に戻った。

「修行のスタートに乾杯」

窓外の朝陽《あさひ》へとグラスを掲げてスマホのカメラで撮影していると、自作の修行スケジュール表に目を通していた風馬に冷ややかな視線を向けられた。

「栞、やめとけって。ろくに寝てないのにもう酒とか」

今朝は三時に起きて、二人で暮らす古いマンションから羽田空港に向かったのだ。

「大丈夫、私、体力だけはあるから」

「タダ酒なら乗ってから飲めるんだから」

「朝陽を見ながら飲めるのは今だけだよ」

風馬が膝にクリアファイルを置き、栞に向き直った。

「分かってる？　今日と明日で六フライトだよ？　四十八時間のうち、二十四時間以上飛行機に乗るんだから。体調を崩したらどうすんだよ。負けられない戦いだって栞も言ったじゃん」

栞は唇にグラスを運ぼうとした手を止めた。

思い直して一口だけぐっと飲み、テーブルにグラスを置いた。風馬がすかさず反対側にグラスを移し、スケジュール表に視線を戻す。

風馬の言うことはもっともだ。

二十四時間以上ロイヤルクラスに搭乗するにあたって、費やした金は十数万円。しかも一番安いチケットを選んだから、払い戻しも変更もできない。

今日明日を含め、修行すべてに掛かる費用は一人四十万円を超える。一生ものと思えばこそだが、搭乗券を買うために夏の旅行も諦め、節約に節約を重ねた。風馬と一台ずつ持っていたノートパソコンの片方と、大切にしていたけれど使う機会のないブランド物のバッグを売った。

それらをビールの泡にするわけにはいかない。栞はアロマの香り漂うラウンジの洗面所に向かいながら自分に言い聞かせた。

ロイヤルクラスが似合うようにと丁寧にメイクを直し、洗面所を出て再びドリンクカウンターに向かった。今度はオレンジジュースをもらって席に戻った栞は、「あ」とラウンジに入ったときより大きな声を発した。

一口しか飲まなかったグラスビールが、なぜか空になっている。

「風馬くん、ビール飲んだの？」

「男は女の人よりアルコール分解が速いから」

目を合わせずに言い放った風馬が、今度はスマホで日本中央航空のホームページを見始める。栞は立ったまま、ミラー加工された柱に映る風馬の横顔を見つめた。

なぜ、風馬はＬＭＣの会員になるための修行をするのだろう？

付き合いだして三年、ともに暮らし始めて二年。旅好きな栞のリードで、沖縄、タイ、北海道と飛行機に乗る旅をしてきた。毎回、風馬は飛行機に乗る前は口数が減り、ぴりぴりと神経を尖《とが》らせる。昼間から酒を飲むのも飛行機に乗る前だけだ。

イベント設営の仕事に携わる風馬は、そのため日本全国に行くが、プライベートでは福岡にも青森にも新幹線で行く。実家のある宮崎に帰るときさえ新幹線と特急を乗り継ぐ。口には出さないが、きっと飛行機が嫌いなのだろうと栞は察していた。

それが三カ月前、風馬は突然、栞に宣言したのだ。

――俺、ＬＭＣ修行をするから。

冗談だろうと思っていたら、暇さえあればパソコンに向かうようになった。日本中央航空のホームページを見て修行のルートを作っては見直し、ロイヤルクラスのチケット争奪戦で勝利を収め、それからもお得なチケットが発売されないか常に目を光らせていた。

——風馬くん、どうしてLMCの会員になりたいの？

不思議に思った栞は尋ねてみたが、LMCの利点を力説されただけだった。

風馬が望んでいるのは別のものではないのか。搭乗開始のアナウンスを受け、ラウンジをあとにしながら、栞は先を歩く風馬を観察した。

「行ってらっしゃいませ」

受付の女性係員に微笑みかけられ、風馬が心もち胸を張ったのが分かる。ロイヤルチェックインエリアに入るとき、優先保安検査を受ける際に丁重な挨拶を受けたときもそうだった。

この丁重なもてなしを受けたいがため、というなら、LMCの会員になりたがるのも分かる。

最近は飲んで帰ることが増え、考え込んでいる姿をよく見かける。もしかしたら、仕事のストレスが溜《た》まっているのかもしれない。

「どうした？」

視線に気づいたのか風馬が栞に顔を向けた。あわてて「ううん」と笑顔を作り、トートバッグを肩に掛け直した。

「ねえ、国際線のラウンジはどんなかな？　あっちは国内線のラウンジと違ってご飯も食べ放題だよね？　お酒の種類もたくさんあるんでしょ？　早くシャンパンが飲みたいなあ」

考えても仕方ない。風馬も言いたくなったら言うだろう。二十四時間強の修行を楽しく過ごせば、風馬の心もほぐれるに違いない。

栞はふざけて風馬の肩に自分の肩をぶつけた。

「修行、頑張ろうね！」


【土曜・六時／風馬】

栞はなぜこんなにテンションが高いのだろう？

搭乗ゲートのベンチに座った風馬は、そわそわと立ったままの栞を見上げた。

「ねえ、窓の外のあれ、私たちが乗る飛行機でしょ？　写真撮ろうよ！」

時間がないだろう、と風馬が言う前にアナウンスが流れた。

「続きまして、これよりロイヤルクラスのお客様、ＬＭＣ会員のお客様を機内にご案内いたします」

「来た！」

栞が風馬の手を引っ張って立たせ、意気揚々と搭乗口に向かう。

一刻も早い搭乗をと、ずらりと並ぶ客たちの前を抜け、「行ってらっしゃいませ」とボーディングブリッジに送り出される。優先搭乗の喜びはそれだけではない。

機内に入ると、すぐにロイヤルクラスのエリアだ。荷物を頭上に収め、最前列の窓際から二つ並んだシートに揃《そろ》って座ると、間もなく普通席の搭乗が始まった。栞が興奮したようにささやく。

「ねえ、ねえ、私たち見られてる！」

普通席に向かう乗客がぞろぞろと横の通路を通っていく。なんだか落ちつかない。

「ロイヤルクラスが一番前にあるのって、乗り降りが早くできるから、だけじゃないのかな。こういうさあ、見られてる感もオマケ、みたいな？」

「前方の座席って事故ったとき死亡率が高いっていうけど」

「もう、ヤなこと言わないで」

テーブルが収納された肘掛けを越えて、栞の肘が風馬の腕を突いたとき、ＣＡ――客室乗務員――が現れて二人の前で身を屈《かが》めた。

「千原様、松永様、ご搭乗ありがとうございます。本日、担当させていただきます額田《ぬかだ》と申します」

　額田の襟元には金色のバッジが輝いている。CAのトップ、チーフパーサーの証《あかし》だ。丁重な挨拶に気圧《けお》されまいと胸を張り、挨拶を返す。

　飛行機は正直苦手だが、CAのエレガントな身のこなしを見ると少し緊張が和らぐ。悪いことなど何も起きないような気がするからだ。

　栞は感激したように額田を見送る。

「あー、風馬くんCAさんに見とれてる？　まあ分かるよ、っていうかCAさんってみんな美しいよねー。それにあの姿勢の良さ。あれって腹筋と背筋を相当――」

「三時起きでよくそんなテンション高いよな」

「何て？」

　栞は普通席にはないフットレストに苦戦している。二度言うのも気が引けて「別に」と操作を手伝ってうやむやにした。

「ねえ風馬くん、メニュー！　朝ご飯、おいしそう」

　フードやドリンクのメニュー、機内誌、非常用案内と、栞は前ポケットに入っているものをすべて取り出して見ている。

　ロイヤルクラスは国内線でも機内食が出るのだ。朝食抜きで来たので腹が空《す》ききっている。

「ローストビーフのサンドイッチとトリュフのポテトサラダと、あ、デザートは黒糖アイス。那覇便だからだよね！」

「知ってるよ。メニューならホームページで見せたじゃん」

避難方法の映像が流れるので念のために見ながら答えた。栞はめげない。次は機内販売のカタログをめくっている。そして、ページを開いて風馬に見せた。キャラクターものステンレスボトルが載っている。

「これ機内限定販売だって！　まだ売ってるよね？」

「男向けの商品じゃない？」

「お土産。ジムの先輩がこのキャラすっごい好きなの」

「今買っても荷物になるだけじゃん」

栞の返事がないので焦った。ばっさり切り捨てられたので怒ったのかと思ったが違った。

「風馬くんさ、もしかして窓側に座りたかった？　離陸のときとか景色見えるし」

「いいよ、俺がこっち取ったんだから。鉄道と違って飛行機の窓から見える景色なんて空ばっかりだし」

「空ばっかり、って――」

「栞、なんかテンション高いよね」

ついまた言ってしまった。

しまった、と思ったが遅かった。栞の声が低くなった。

「ねえ風馬くん、何？」

「何って？」

「分からないけど、何かあるんじゃないの？　あるんだったら言って」

革張りのシートにもたれた栞の顔が、すぐ目の前にある。

ロイヤルクラスに乗るからと張り切ってメイクしているが、栞の素顔も風馬は好きだ。スポーツを生業《なりわい》にしていて代謝がいいからか、肌がきれいで輝いている。

栞が勤めるジムのイベントで出会って一目惚《ひとめぼ》れだった。細かいことに気を取られがちな風馬と正反対の、大らかで明るい性格を知ってさらに好きになり、それから三年一緒にいる。うまくいっていると思っていた。

それなのに、栞はなぜ風馬の家族になることを断ったのだろう。

ＬＭＣの本会員は家族カードを発行できる。本会員の半額の会費で、本会員と同じ特典を享受できる。五十万円近くの金を掛けて修行をしなくても手に入るのだ。

結婚はしていないが、同居して生計をともにしていればパートナー、家族と見なされる。だから提案したのだ。

——俺が一人で修行をして、ＬＭＣの本会員になる。

それで栞に家族カードを渡すっていうのはどう？

——私、自分のカードが欲しいから。

あっさり断られた上に、「自分のカード」のために張り切っているのを見ると、何とも言えない気持ちになる。

おまけにステンレスボトル。土産を渡すつもりの先輩はたぶん男だ。

悶々《もんもん》とする風馬に栞が「言ってよ」と畳みかける。

「これから先は長いしさ、なんかあるならお腹《なか》に溜めないで。ジムで教えてるときによく言うんだけど、疲れるとネガティブな気持ちは倍になるから」

「別にネガティブなわけじゃ……」

女々しいことは言いたくない。どう言い訳しようかと考えたとき、膝の上に置いたクリアファイルが目に入った。とっさに思いついたことを口にした。

「俺さ、提案したいことがあって」

「提案？」

「そう。それで話そう、話そうとしてるのに、栞がテンション高くて割り込めなくて」

栞が「あ」と口を押さえた。クリアファイルに入れておいた那覇空港の案内を出し、端に載った広告を栞に見せた。

「このフライトのあと、那覇で三時間待つじゃん？　その間、このウミカジテラスって行ってみない？　前に沖縄行ったときは、まだなかったじゃん」

わあ、と目を輝かせた栞が、すぐに真顔に戻った。

「でも風馬くん、体力温存しないとだからダメ、って言ってたじゃない」

ウミカジテラスは空港からほど近く、海中道路で繋《つな》がった小島、瀬長島《せながじま》の一角にある。ギリシャのサントリーニ島のように、海に面した斜面に洒落《しゃれ》た白壁のカフェやレストラン、雑貨店が並んでいる。リゾート気分を味わいたい、と栞が行きたがっていたのだ。

「うん、まあ、でもやっぱり、ちょっとくらいならいいかな、って。全部ロイヤルクラスでフライトなんだから、多少疲れても寝ればなんとか」

電子音とともにシートベルトサインが消えた。いつの間にか水平飛行に入ったのだ。

さっそく額田がやってくる。

「お飲みものは何にいたしましょう」

「シャンパンを」

栞ときれいに声が揃ってしまった。

運ばれてきた脚のないグラスに、ピッコロサイズのシャンパンを注《つ》ぐ。

「乾杯」

「乾杯」

栞は快晴の窓外に向けてシャンパンのグラスを掲げ、スマホで撮影している。「修行」を取り上げたブログやSNSでよく目にするショットだ。

「なんかさ、旅行中って心のセンサーが倍になるよね！　すべてがきらきら！」

シャンパンを飲み始めたばかりなのに、栞はもう酔ったかのようにますますテンションを上げる。これ以上余計なことを考えないように、風馬はシャンパンをぐっと呷《あお》った。


【日曜・十八時／栞】


晩秋だというのにじっとりと汗がにじむ。冷たいそばにすればよかったと後悔しながら、栞はソーキそばをすする手を止めて額を紙ナプキンで拭った。

隣の風馬を見ると、窓外の暗い滑走路を見ながら無言でソーキそばをすすっている。

昨日、この那覇空港から揃って浮かれてウミカジテラスに向かったのが嘘《うそ》のようだ。

昨日は羽田から那覇、那覇から羽田の二フライトをこなしたあと、国際線のラウンジでシャワーを浴びて飲み食いを堪能《たんのう》し、羽田発のフライトでシンガポールに向かった。到着したのは深夜。広いチャンギ空港でお土産を買い、またラウンジでシャワーを浴びて無料の食事で腹を満たし、とんぼ返りで早朝羽田行きの飛行機に乗った。

確かにロイヤルクラスはシート幅が広め、フットレスト付きで普通席より快適だ。しかし、乗り継ぎ、乗り継ぎで二十時間以上飛行機に乗り続ける修行僧の疲労まではさすがに受け止めきれない。世の中には高い金を払って座っているだけの修行もあるのだと身を以《もっ》て知った。

昼過ぎに羽田に着いて那覇行きの便に乗り継いだが、その辺りから風馬とはろくに口を利いていない。

ずっとべったり一緒にいるのだ。話題も尽きたし、口を開くのも億劫《おっくう》なほど疲れている。もうメイクも面倒で、シンガポールでシャワーを浴びてから素顔のままだ。那覇での待ち時間は空港の端にある食堂に向かうのが精一杯だった。

疲れは人を鈍くする。メニューを選ぶのも食べるのも金を払うのも、いつもの倍時間がかかった。あっという間にラストフライトの時間が迫り、重い体を引きずって保安検査場に着いたとき、風馬が「あ」と立ち止まった。

「やばい、スマホ忘れてきた」

「うそ……」

店に戻る風馬と分かれ、先に保安検査場に入るともう出発時刻の二十二分前になっている。おまけに日曜とあってかなりの行列だ。

那覇空港には羽田空港のようなロイヤルチェックインエリアはない。代わりに使える優先レーンに栞が並ぼうとしたとき、横からやってきた背の高い男にぶつかった。

「あ……」

栞は息を呑《の》んだ。端整な顔立ちの男も足を止め栞を見つめる。剣崎宙也《けんざきちゅうや》だ。栞と風馬の住むマンションの近くにバーがあり、剣崎はそこの店員だ。風馬はよく足を運んでいるが、栞はここのところご無沙汰している。行くと剣崎が風馬の目を盗んで口説いてくるからだ。

剣崎に口を開く隙を与えまいと、栞は先に声をかけた。

「あ、剣崎さんも那覇に来てたんですか。何かいつもと雰囲気が違いますね」

栞たちと同年代の剣崎は、いつもはヒップホップ系のスタイルだ。それなのに、今日はポロシャツにコットンパンツ、レザーのビジネスシューズ、髪も小綺麗《こぎれい》に撫《な》でつけている。何より、いつもにやけているのに今は真顔だ。

周囲のざわめきで聞き取れなかったのか、剣崎が「え?」と聞き返す。

「剣崎さん、いつもと――」

栞が声を大きくした瞬間、剣崎が栞の右腕をつかんでぐいと引いた。弾みで剣崎の胸へと倒れ込んでしまい、あわてて飛びのいた。何なんだ、と剣崎を睨《にら》んだとき、別の方向から呼びかけられた。

「剣崎さん?」

栞と剣崎が揃って顔を向けると、スマホを手に戻ってきた風馬が立っている。

「剣崎さんでしょう？　剣崎さんですよね？」

「やばい」

風馬を見て顔を引きつらせた剣崎が口走り、一歩後ずさった。そしてぎこちない作り笑いを浮かべた。

「あっ、あ、千原さん、どうも、久しぶり。それじゃ」

小さく頭を下げた剣崎が、挨拶代わりか手にしたスマホを掲げてみせ、通常レーンへと走り去っていく。

あっけに取られて風馬を見ると、真顔で見つめ返された。

「栞、今の何？」

「さあ……？」

「さあ、って今――」

風馬の声が賑《にぎ》やかな話し声にかき消された。

十人ほどの熟年グループが優先レーンに加わったのだ。行列が一気に長くなる。

「私たちも並ばないと」

栞は風馬の手を引っ張り、グループのあとに続いた。

【風馬】


「『やばい』って、何が?」

できるだけ淡々と風馬が言うと、栞が「え?」と聞き返した。

保安検査場が大混雑の上、風馬たちの優先レーンでは金属探知機のチャイムとどよめきが交互に続く。前に並んだ熟年グループが、一人おきに金属探知機に引っかかっては「おお!」「ああ!」と騒ぐのだ。

「剣崎さんが言ってた、『やばい』って、何のこと?」

少し声を大きくして尋ねると、栞が表情を少し曇らせて口を動かした。

熟年グループよりうるさいのは隣のレーンに並んだ若い男女のグループだ。旅を終える感傷なのか、皆で手を取り合い涙目になっている。

「ありがとう、ほんと、この旅に来られてよかった!」

「きっと永遠の思い出だよね!」

「みんな最高!」

興奮した叫び合いに負けまいと「何て?」と声を張って聞き返すと、栞が素っ気なく言い捨てた。

「知らない」

「いや、知らないって剣崎、栞のことを」

「すごいね、空港って人をポエマーにするのかな」

　栞が隣のレーンを見て笑う。食い下がるのもためらわれて口をつぐんだ。

　一本挟んだ向こうの通常レーンでは、先頭になった剣崎が前に進み、スマホをゲートの読み取り部分に当てる。eチケットのQRコードだろう。そして係員からプリントされた保安検査証を受け取ると、金属探知機のゲートをくぐり、X線を通したバッグを持って去っていく。

「私たちも通常レーンに行けばよかったね……」

　栞が肩をすくめ、手にしたスマホの画面に視線を向ける。

　——やばい。

　剣崎の声が風馬の耳の奥でリフレインする。栞が剣崎に抱き寄せられていたのは、いったい何だったのだろう。

「栞、剣崎さんが言ってた『やばい』って何だったの？」

「だから知らないって」

「剣崎には気をつけた方がいいよ。バーの店長も持て余してるから。店に来る女の子を口説いて、何度もトラブルを起こしてるって」

　それだけではない。店の酒を勝手に持って帰ったり、常連客に暴言を吐いたりと、店で働き始めて半年も経《た》っていないのにやりたい放題らしい。風馬と仲の良い店長が愚痴っていた。世話になった人の頼みで雇ってしまったのでクビにもしづらいという。

それを話すと栞が風馬の顔を見つめた。

「もしかして、私のこと、何か疑ってるの？」

「疑ってるとかじゃなくて、どういう意味だったのか知りたいって話。剣崎、なんか服装もいつもと違うし」

「お客様！」

大声の呼びかけにびくりと振り返ると、風馬たちの前にぽかりと空間ができている。

熟年グループは消え、係員たちの引きつった顔が風馬たちに向いている。

あわてて前に進み、スマホを読み取り機に当てた瞬間、ブザーが鳴り響いた。

何だどうしたと焦っていると、係員が風馬と栞を近くのカウンターに連れていった。

後ろに並んでいた福岡や大阪行きの客が前に進む。驚く風馬に係員が早口で尋ねた。

「お客様、いつから並んでましたか？」

「搭乗の二十分以上前から――」

「恐れ入りますが現在出発時刻の十五分前を切っておりまして、搭乗を締め切らせていただきました」

足元がふらついた。

「いや、俺たち並んでたんですって、ちゃんと。でも前の人たちが手間取って進めなかったたけで——」

「私たちが乗らなかったら二席空いちゃうじゃないですか、ロイヤルクラスなのに」

風馬を栞が遮り、栞を係員が遮る。

「恐れ入りますがキャンセル扱いとなりまして、空席待ちのお客様のお席となりました。ロイヤルクラスは満席でございます。普通席でしたらご用意できますが」

栞と顔を見合わせた。

栞が早口で風馬にささやく。

「どうせ振替なら、帰るのは明日にして那覇に一泊しよう」

「ネカフェ？」

「違う。ちゃんと横になれるとこで休むの」

珍しく真剣な訴えだ。係員も早口で迫る。

「お急ぎください」

「横になってゆっくり休もう。私たち疲れてるし」

「お客様」

「乗ります」

栞の顔は見ずに言い切り、先導する係員について走り出した。

【栞】

係員に先導されて全速力でロビーを突っ切り、どうにか羽田行きの最終便に乗り込むことができた。

お急ぎください、と席に追い立てられながらロイヤルクラスを見渡した。栞と風馬が座るはずだった最前列窓際の二席には、ラフな恰好《かっこう》をした若い男が並んで座っている。

普通席のエリアに入ってたじろいだ。乗客の視線を浴びるのは行きと同じでも、今度は好奇や羨望ではなく非難の目だ。三―四―三と並ぶ座席から、揃ってこちらを向いた乗客たちの間を歩きながら、逆風の中を進むように身を縮めた。

そしてたどり着いたのは、四席並びの真ん中二席。しかも栞の隣席、通路側にはふくよかな男がどっしりと座り、目を閉じてイヤフォンで何かに聴き入っている。

座席から溢れた男の肉の二の腕の辺りをつつき、詫《わ》びて通路に出てもらう。反対側の通路からは風馬が通路側に座った女性客に詫びて、席へと通らせてもらっている。

シートベルトを締めながら、栞は小さくため息をついた。ロイヤルクラスに五フライト乗り続けてきた身には、前後左右があまりに狭く感じる。

「Wi-Fiがないんだ、この飛行機は……」

隣で風馬の落胆の声が聞こえ、栞も愕然《がくぜん》とした。

「三時間も乗るのに……」

「二時間三十分」

隣で風馬がすかさず訂正する。

「泊まったらホテル代で修行の予算をオーバーしちゃうしさ。今から取れるホテルなんてあるか分かんないし、帰った方がいいって」

「ソーキそば、食べておいてよかったね」

返事をしないのもはばかられ、疲れて回らない口で、やっとの思いで言った。

楽しみにしていたシャンパンも機内食も出ない。二十四時間以上に及ぶ過酷な修行のフィナーレを飾るフライトだというのに。

こうなったら寝てやり過ごすしかない。目を閉じ、右の肘掛けにもたれようとした腕が何かにぶつかった。

肘掛けにはすでに風馬が腕をもたせかけている。

「ねえ、肘掛け、使わせてくれる？」

「俺、こっちしか使えないんだよ」

風馬が通路側の女を視線で示した。ぐっすり眠り込んだ女は、風馬側の肘掛けに肘をもたせかけている。

「私もこっちしか使えないの」

隣の男がふくよかすぎて、肘掛けに肘を乗せていなくても二の腕の肉がたっぷりはみ出している。栞が肘掛けにもたれると男の肉にぶつかってしまうのだ。

「でもさ、俺の隣、女の人なわけ。触ったりしない方がいいじゃん」

「私は」

大きくなった声のボリュームを必死で絞った。

「私、休みたい。寝て疲れを取りたいの。さっきからしつこく言って悪いけど」

風馬が肘を引いた。

さっきから、とまでは言わない方がよかったのかもしれない。肘掛けにもたれて目を閉じたとき、冷ややかな声が聞こえた。

「剣崎がいたよ。普通席の前から三列目の窓際。俺の顔を見て、ぱっと目をそらしてた」

「へえ……」

全身が重い。瞼《まぶた》から床に沈み込んでいくようだ。リクライニングにできるまで待てずに眠ろうとしたとき、風馬が続けた。

「あのさ、剣崎が俺を見て『やばい』ってあれ、何なわけ？」

「だから、私は本当に知らないって」

「剣崎、栞のこと抱き寄せようとしてたよね」

「私はわけ分かんないから。剣崎さんに聞いてくれば――」

「シートベルトサインが出てるし、栞がここで話せば済むことじゃん」

いら立ちで目が一気に覚めた。

右側を向くと風馬とまともに目が合った。もう話すしかないと腹をくった。

「剣崎さんに何回かバーで誘われたの。二人で飲みに行こうとか」

「やっぱり」

「断ったし、剣崎さんがうざいから一人じゃバーに行かなくなったし。でも、さっきみたいにばったり出くわしたら……。何もなかったことにするには、普通に挨拶するしかないでしょ。私と剣崎さんが揉《も》めて風馬くんがあのバーに行きづらくなったら悪いじゃない。風馬くんは店長とも仲良しでバーにしょっちゅう行ってるんだし――」

気づいて座り直した。

「風馬くんこそ、何？『久しぶり』って」

「え？」

「バーで飲んで帰るから遅くなるとかしょっちゅう言ってたじゃない。確か、月曜日の夜も行ったよね？　それなのに剣崎さんが『久しぶり』って言ったのは、なんで？」

「あ……」

「風馬くん、私に、嘘ついてたの？」

顔だけを横に向け、風馬の目を見据えた。

「いや……剣崎、勘違いしてたんじゃない？　それこそ、焦って適当に口走ったとかさ」

「焦って口走ったことって本当だったりするよね」

「剣崎の勘違いだって」

風馬が少し強く言い、前の座席下からバッグを取った。

「このフライト、ロイヤルクラスに乗れなかったから、もらえるポイントがちょっと減るんだよね。どこかでその分また飛行機に乗らないとな」

クリアファイルを膝の上に置いた風馬が、プリントアウトした日本中央航空の時刻表を出す。それを見た瞬間、口が勝手に動いた。

「飛行機、嫌いじゃなかったの？」

ロイヤルクラスの席よりぐっと近い距離で、風馬の顔が栞に向く。その表情を見た瞬間、栞は自分の直感が当たっていたことを察した。

「飛行機が嫌いなのに、どうしてＬＭＣの会員になるなんて言い出したの？　何かもっと、私に隠してることがあるんじゃないの？」

「――ないよ」

「なんか隠してることがあるんじゃないの？」

「ないって」

風馬が狭い座席で身をよじるようにして、ポケットからイヤフォンを出した。そして、栞の声を遮るように両耳にはめた。


【風馬】


よりにもよって、こんなときに隠しごとがバレてしまうとは運が悪すぎる。

ベルトサインが消えたのは天の助けだ。シートベルトをもぎ取るように外した。左側から深いため息が聞こえたが、振り払うように隣の女をまたいで通路に出た。

まずは前方にあるトイレに向かい、用を済ませてから後方に向き直った。

普通席を見渡すと、観光疲れのためか寝ている乗客が多い。三—四—三と分かれた席の、三席並びの前から三列目、窓際に剣崎が座っている。

眠っているのか、サマーニットのキャップを目が隠れるまで下ろして被《かぶ》っている。大人っぽい今の恰好とは不釣り合いだが、那覇で被っていたものだろうか。

剣崎の隣に座っているのは剣崎と同年代の女で、通路側は初老の男だ。それぞれスマホをいじっている。その二人の前に身を乗り出して剣崎を叩《たた》き起こす勇気はなく、仕方なく通り過ぎた。

のろのろと通路を進み、自分の席に近づくと、気づいた栞が風馬を見上げた。責めるような視線から逃げるように、席を通り過ぎて機内最後部に向かった。

最後部の窓まで行き、ガラスにもたれて外を見た。しかし夜の窓ガラスは疲れ切った風馬の顔を映すだけだ。

絵に描いたような疲れ顔を見て苦笑いしたとき、隣に女の顔がすっと浮かんだ。

「お客様」

しまった、と疲れ顔が引きつった。恐る恐る顔を向けると、横から声をかけたチーフパーサーの額田が「あら」と小さく目を見張った。

「千原様、お帰りなさいませ」

「どうも……」

恥ずかしくて顔が上げられない。

短時間での往復という、普通ではないスケジュールを組むと、行きも帰りも同じスタッフに遭遇してしまい、修行僧であることがバレてしまう。修行において「恥辱プレイ」と呼ばれる場面だ。

額田とは昨日の往路に続いて二度目の遭遇になる。しかも、前回はロイヤルクラスだったのに今は普通席。疲れ切ってよれよれだ。

あまりの恥辱プレイに悲しくなったが、額田は修行僧に慣れているのか、「ご利用ありがとうございます」と優しく微笑んでくれた。

「千原様、間もなくドリンクサービスが始まります。しばらくワゴンが通路を塞ぎますので、お席に戻っていただいた方がよろしいかもしれません」

「はい」

旅のはじまりはシャンパンで乾杯したんだよな、と思い出したとき、風馬はあることを思いついた。


また爆睡女をまたいで席に戻った。

座って左側を向いた瞬間、栞が閉じていた目を開ける。疲れているのに寝ずにいたのだ。それを見て覚悟を決めた。

言い訳など通じない。前を向いたまま切り出した。

「夏前から俺、夜、学校に通ってて。学校っていうか講座？　起業に関する講座で、自分で会社を興すための、経理とか法律のノウハウを教えてくれるところに。まあ、手短に言うと、会社を辞めて独立しようと思ってて」

じっとこちらを見ている栞と、思い切って視線を合わせた。

「地元の宮崎で、会社を立ち上げたい」

　栞が小さく息を呑んだ。

「いや、まだ宮崎に完全移住することは考えてなくて、東京と二拠点でやれたら、って思ってる。それには飛行機の移動が欠かせないし、だから修行をしてＬＭＣの会員になりたいと思った。移動が楽になるからだけじゃない。会社の代表に相応《ふさわ》しいステイタスが少しでも欲しかったんだ」

「それで――」

「黙っててごめん。バーに行ったってことにして講座に通ってたのも――」

　口をつぐんだ。栞が風馬を拒むように前を向いたからだ。


【栞】

　風馬の視線が右の頬を刺す。ストレッチを教えるときのように、腹式呼吸を繰り返した。

「なんで、私に言ってくれなかったの？」

「実現可能か、まだ分からないし、もう少し全体像が固まってから話そうと思って」

「私たち、一緒に暮らしてるんだよ。私の生活も変わるのに」

「実現させるとしたら、いろいろありすぎるじゃない」

切羽詰まった声が続く。

「一緒に来てもらうとしたら、栞の仕事のことを考えないと。栞は宮崎に一人も知り合いがいないし、ゼロからのスタートになるしさ。それに、宮崎と北海道の間には直行便がない。飛行機だけじゃなくて新幹線もバスも。距離だけじゃない、費用もかさむ。栞を北海道の実家から、さらに遠く離してしまうことになるよね」

こんなに細かく考えてくれていたのだ。

やっと右側へと顔を向けることができた。風馬がじっと栞を見つめている。

しかし、今度は風馬が栞から視線をそらした。

「だけどさ、栞は俺の家族になる気はないんでしょ？」

「私そんなこと言った？」

「家族になるのを断ったじゃん」

「いつ!?」

「ＬＭＣ修行をするって決めたとき、栞には俺の家族カードを渡すって言ったよね？で、断ったじゃん」

身を乗り出して風馬の顔を覗《のぞ》き込んだ。

「そうだよ。私も自分のが欲しいから」

「なんで。家族カードで問題ないじゃん。年会費だって半額以下だよ？　平均寿命まで生きたとして、どんだけ金が浮くか分かるよね？」

「欲しいものは損得じゃないの、気持ち」

「だけど、こんなキツい修行だってしなくて済むじゃん。修行に掛けた金で、あとでゆっくり二人旅を――」

「修行は一生に一度のことじゃない。この先一生、日本中央航空の飛行機に乗るたびに、風馬くんと修行したことを思い出すんだよ。それっていいなと思ったから。風馬くんもそうだと思ってた」

風馬ははっとしたように顔を上げ、栞を見た。

隣の男に触れないよう苦労しながらシートベルトを外す。

「私が聞いてくるから」

「は？」

「剣崎さんに、何が『やばい』のかを」

「降りるときにしよう。隣の席の人にも迷惑だし」

「剣崎さん、私たちよりずっと前に座ってるし、飛行機を降りたら逃げられるかもしれないじゃない」

隣を見ると、ふくよかな男はイヤフォンをつけたまま寝てしまっている。「すみません」と栞が遠慮がちに腕を叩いても起きる様子はない。

横から風馬が栞の背をつつく。

「いや、栞、今は行かない方がいいって」

「もやもやしたままウチに帰りたくない」

栞はふくよかな男を乗り越え、通路に出て後方へ突き進んだ。

最後部にあるトイレの前を通り抜けて反対の通路に出る。よし、と気合いを入れて通路に出た瞬間足が止まった。

CAが押すワゴンが、前を塞いでいる。ドリンクサービスが始まるのだ。諦めて席に戻ろうと向きを変えて立ちすくんだ。

もう一方の通路も、最後部からワゴンが進み始めたところだ。進むことも戻ることもできない。栞が風馬に顔を向けると、風馬が肩をすくめた。

仕方なく、ワゴンについてのろのろと前に進んだ。剣崎のいる三列目にたどり着けるのを待つ。剣崎は何してるんだろう、と伸び上がるようにして三列目を見た。

風馬が言っていたように、窓側の席に、サマーニットの帽子を被った後ろ頭が見える。

CAが紙コップを渡そうと、剣崎の座る並びに身を乗り出す。

栞は目を見張った。

隣に座った若い女が、CAから受け取ったカップを剣崎に渡したのだ。

【風馬】

ワゴンについて三列目を目指し、五列目まで迫った栞が、くるりと踵《きびす》を返して後方に向かう。どういう意味なのか風馬に力強くうなずき、ワゴンが席のある列を去るやいなや後方のトイレ前を回って元の席に戻ってきた。

ふくよかな男はまだ眠っているので、起こすのも待ちきれず手を貸して乗り越えさせた。どうした、と聞くより先に栞が早口に告げた。

「剣崎さんの隣に座ってる女の子が、カップを受け取って剣崎さんに渡してあげたの」

「それが？」

「赤の他人、しかも異性にそんなことしなくない？」

「あの女の子が単に親切な人なんじゃないの？」

「風馬くんならする？」

向きを変え、隣の爆睡女を見た。

自分が通路側の席だったとして、ＣＡが彼女に直接渡せるカップを、わざわざ代わりに受け取ってやるだろうか？　ない。

風馬の気持ちを読んだように、栞が畳みかける。

「剣崎さんの隣の女の子、もしかしたら剣崎さんの知り合い？　連れ？」

「え、待って。剣崎、保安検査場に一人でいたじゃん。連れならなんで別々に行動するんだ？」

「一人だったのは、どっちかが買い物とかトイレとかで分かれた可能性もあるけど。もしかして、何かの理由で他人の振りをしてるのかな？　それが『やばい』？」

離陸に向けて飛行機が滑走のスピードを上げたときのような感覚に襲われる。

「そういえば剣崎さん、いつもヒップホップ系の恰好なのに、なんでいきなりゴルフに行くおじさんみたいな恰好をしてるんだろう？　ポロシャツにコットンパンツ、ビジネスシューズって。あのニット帽だけはいつもの恰好っぽいけど、今のスタイルにはまるで合わないし」

「そう。で、保安検査場で栞を……」

「腕を引っ張られたの、いきなりぐいって。で、風馬くんを見て『やばい』。剣崎さんの顔、めっちゃ引きつってたよね」

「栞、あのとき剣崎に何言った？」

栞が「えーと」と記憶を探り、ついで再現する。

「剣崎さんも那覇に来てたんですか。何かいつもと雰囲気が違いますね。って、そのくらいだよ。名前を呼んで現状確認をしただけ」

「俺も名前を呼んで、剣崎さんですよね、って繰り返して。って、名前を呼んだだけだし──」

その瞬間、頭の中を滑走していた飛行機がついに飛び立った。

起きた出来事を、もう一度振り返る。

「剣崎が突然、大人っぽい恰好をしていた。そして、少なくとも保安検査場では、連れの彼女と離れて一人。栞に名前を呼ばれた。唐突に栞の腕を引っ張った。俺に名前を呼ばれた。『やばい』。もしかして」

風馬は座席の前ポケットに入れていたクリアファイルから、使える紙を探して引っ張り出した。

「栞、CAさんを呼んで。今、どの辺飛んでる？　間に合うかな」

一緒に目で探すと、モニターの飛行ルートは静岡の辺りまで来ている。

栞が押したコールボタンに応えてCAがやってきた。風馬は裏紙を四つに折りたたみ、CAに差し出した。

「三列目のA、窓際にいる剣崎宙也さん、僕たちの知り合いなんです。これを、渡してもらえますか？」

「三列目のAにいらっしゃる、剣崎宙也様、でございますか？」

「はい。剣崎さんの方が前に座ってるから、飛行機を降りたら見失ってしまいそうなので。剣崎さん、け・ん・ざ・き・ちゅ・う・や、さんです」

CAに念入りに告げ、そして一呼吸おいて付け加える。

「あの、万が一、人違いだったら恥ずかしいので、三列目の窓際に座っているのは剣崎さんか、そちらの搭乗者名簿で確認してもらえますか？」


【栞】


もはや聞き慣れた乗降時のメロディーが大きくなっていく。飛行機から乗客が降りるにつれて、機内が静かになっていくからだ。

栞と風馬を残して、機内の乗客はほぼ降りてしまったところだ。

「行こう」

頭上のストレージから荷物を出した風馬に声をかけられ、栞も立ち上がった。風馬のあとに続いて右側の通路を進んだ。

二人を除くと乗客はあと一人。三列目にニット帽を被った後ろ頭が見える。

風馬に続いて三列目を覗くと、剣崎がうなだれて座っている。さっき風馬が紙を託したCAが出口を塞ぐように通路に立ち、他にも二人、見張りのように前後に立っている。

一人はチーフパーサーの額田だ。栞たちに微笑んで告げる。

「恐れ入りますが、こちらのお客様、少々ご事情がおありのようですので、私《わたくし》どもでお話をさせていただくことになりまして」

「分かりました」

うなずいた風馬が剣崎に顔を向けた。

「剣崎さん、また改めて」

「ヘイケ様、お荷物のお支度はよろしいでしょうか」

額田がすまして剣崎に問いかける。やはり風馬の推理は当たっていたのだ。

「他人名義のチケットで飛行機に乗るなんて、剣崎さんもよくやるなあ」

乗機する日本中央航空の職員と入れ違いにボーディングブリッジへと降り、少し進んだところで栞たちは足を止めた。

向かいから歩いてきた若い女も足を止めたが、ついで栞たちに歩み寄った。

「あの……中に残ってる男の人、どうしてました？」

「残ってる男の人って——」

「あなた、剣崎さんの連れ？」

風馬が栞を制して尋ねると、女が身をすくめた。そして「違います」と首を横に振った。

「うそ、だからここに戻ってきたんでしょ？」

「もしかして、剣崎さんが他人名義のチケットで飛行機に乗るから、万が一バレたときのために、乗り降りは別にしようって言われた？　巻き添えにしないために」

栞と風馬に畳みかけられ、女が観念したようにうなずいた。

「でも、もうちょっとで羽田っていうときに、CAさんが彼に身分証を見せてほしい、って……。私、先に降りたんですけど、やっぱり気になって……」

「お客様？」

機内から栞たちを見ていたCAが怪訝《けげん》そうに声をかける。

女は迷っているのか立ち尽くしたままだ。「行こう」と風馬に声をかけられ、栞は女を振り返りながらも空港内へと歩き出した。

風馬が動く歩道に乗りながら想像した細部を話してくれる。

「剣崎、誰かが乗れなくなったチケットを格安で買ったんじゃないの。安く沖縄に行けるから、って。チケットのQRコードをスクショしてもらって、自分のスマホに保存して。栞の腕を引っ張ったり、『やばい』って言ったりしたのは、保安検査場で剣崎剣崎って名前を呼ばれてあわてたんだと思う。剣崎って呼ばれた男がヘイケって名前のチケットを出したら即搭乗拒否されるし」

「もしかして、買ったチケットの持ち主の年齢も上だったのかな？　だとしたら、おじさんっぽい恰好をしてたのも分かる」

「前にネットニュースで読んだんだけど、やっぱり他人名義のチケットで乗ろうとして、保安検査場で年齢を確認されてバレたって人がいた」

「あー、ネットニュースか。だから颪馬くん、詳しいんだ」

動く歩道を降りながら、颪馬が「まあね」と笑う。

「ヘイケ剣崎、逮捕されるのかな？」

「さあ……今、飛行機関連はめちゃめちゃ厳しいからあるかもね。それでなくてもチケット代は正規料金で請求されるだろうし、罰金もあるんじゃない」

「そんなチケットで乗らなければよかったのに。とんでもない方向に行っちゃったね」

「ルートを選んだのは剣崎」

言いながら颪馬がキャリーバッグに載せた自分のトートバッグを漁《あさ》った。そして、日本中央航空のロゴ入りショッピングバッグを栞に差し出した。

「これ」

栞はバッグを開けて目を見張った。入っていたのは、疲れてすっかり忘れていた機内限定販売のステンレスボトルだ。

「覚えててくれたの？」

「行きと同じＣＡさんに会って思い出したから」

言い争いになり、席を立ったときに注文し、栞が席を立っている間に受け取ったのだろう。

――旅行中って心のセンサーが倍になるよね！　すべてがきらきら！

往路で風馬に言ったことを思い出した。

旅路がきらきらと輝くかどうかは連れ次第。風馬となら、きっとお互いに人生という旅の行く手を照らし合うことができる。

「このボトル、やっぱり私が使う！」

栞は風馬の腕を取り、ボトルと一緒にぎゅっと抱えた。

氷上のカウントダウン

エレベーターホールを進む足取りがどうしてもぎこちなくなる。江口露子《えぐちつゆこ》はロビーの手前で足を止め、両肩を引いて深呼吸をした。

今日は隣にいない夫が、初めて訪れる国ではいつもそうして緊張をほぐしていたからだ。それに、ホテルの部屋で身にまとった重装備も体に馴染《なじ》む気がする。

寒冷地仕様のフード付きピーコート、ニットのネックカバー、ボアの裏地が付いた防寒パンツ、スノーブーツ。スマホが使える薄手の手袋の上に、指先だけ出せるボアのミトン。ピーコートの分厚く硬い生地はまるで鎧《よろい》だ。シベリアの寒さにも耐えられる、と謳《うた》われているだけのことはある。

ここウラジオストクはロシアの沿海地方、極東部に位置する。海に細長く突き出た形の港町で、ロシアを横断するシベリア鉄道の始発駅がある。日本列島からは日本海を挟んだ対岸にあたり、成田空港からは飛行機で二時間ちょっとで到着できる。「日本から一番近いヨーロッパ」として知られ、年々訪れる日本人が増えているという。

十二月末、厳寒のピークを迎えつつあるウラジオストクを旅するために、露子はこのコートをフリーマーケットサイトで手に入れた。五十路《いそじ》の女には持て余す重さだが、五十路の女だからこそ必要な重装備なのだ。

ロボットのような歩みでロビーに入ると、カウンターの金髪碧眼《へきがん》のフロントスタッフが顔をこちらに向ける。フィギュアスケートの選手のような美しい男に挨拶代わりに微笑《ほほえ》みかけて出入口に向かったとき、「ええ？」と戸惑ったような声が聞こえた。五時間ぶりに耳にする日本語の響きに、露子はつい視線を向けた。

ロビーの隅に、ホテルと同じくらい古びた自動販売機が置かれている。その前に立っている若い女の子が振り返り、気づいてくれというようにカウンターに視線を向けたところだ。

次男の恭吾《きようご》と同年代か少し下に見えるから、二十歳そこそこだろう。着ている赤いニットを見たとき、露子の心の信号が青から赤に変わった。

一時間ほど前にチェックインの手続きをしていたときも、赤いニットの女の子はロビーにいた。出入口の横にあるソファーセットに座り、コートとバッグを傍らに置いて、スマホに落としていた視線を入ってきた露子に向けたのを覚えている。

そのときと同じ位置に、同じコートとバッグが置いてある。彼女はあれからずっとロビーにいたのだろうか。

「おかしいなあ、もう……」

女の子が声を少し大きくし、長い髪と豊かな胸を揺らすように、スキニーパンツとブーツを履いた肉付きのいい足を小さく床に打ち付けた。フロントスタッフは相変わらず知らぬ顔だ。放っておけず露子は女の子に声をかけた。

「どうしたの？」

「なんかこれ、壊れてる？　動かなくて」

自動販売機は日本にもよくあるタイプのものだ。ガラスの向こうに番号がつけられたミネラルウォーターやジュース、ビール、スナックなどが並んでいる。しかし女の子が再び試しても、音を立ててコインが戻ってくるだけだ。「なんで？」と女の子が自販機を叩《たた》く。

露子は思わず「待って」と彼女の手を押さえ、ついで通り過ぎたばかりのカウンターに戻った。

「イズ……イズヴィニーチェ」

テレビの語学講座で予習した挨拶の声をかけて自販機を示すと、フロントスタッフがため息をついて物憂げに自販機に歩み寄った。女の子からコインを受け取り、代わりに操作を始めたのを見届けて、露子はようやく出入口に向かった。心がふわりと満たされたのも束《つか》の間《ま》、新たな気がかりが湧き上がった。

時刻は十六時過ぎ、まだまだ観光を終えるには早すぎる。彼女は誰かを待っているのだろうか。

外に出てドアガラス越しに振り返った。女の子はようやくジュースとスナックを手に入れて、再びソファーに腰を落ちつけたところだ。体調が悪いようにも見えない。

もしかして、彼女はフロントの美男子――露子は心の中で勝手にセルゲイと名付けた――にでも惚《ほ》れてしまったのだろうか。セルゲイだけでなく、他のスタッフもロビーの横にある売店の店員も、男女ともどもスリムで背が高くてモデルのようだ。

――もうね、街中美形揃《ぞろ》い。目の保養になった。

ウラジオストクを旅した友人の言葉を思い出して一人笑い、そして我に返った。

さっきは白くくすんでいた空が、早くもオレンジ色に染まり始めている。

丘の中腹にあるホテルから、踏み固められた雪の坂道を恐る恐る下り、ホテル前の通りに降り立った。車道を渡り、木立に沿って低い石壁が続く急な坂の濡《ぬ》れた石畳を、足を踏みしめながら下りていく。やがて石壁が途切れ、今度は石の階段が現れた。

手すりにつかまりながら三階分くらいを下ると、小さな広場があり、ドライブインのような建物が並んでいる。シーズンオフで閉まったレストランやカフェの間を抜けていくと、ようやく、目指す砂浜にたどり着いた。

その先は一面が雪の海だ。

最低気温がマイナス二十度を超える冬を迎え、スポーツ湾と呼ばれる海は凍ってしまっている。その上にうっすらと雪が積もっているのだ。

「間に合った」

安堵《あんど》でついた息が声になった。

凍った海は今、日没を迎えるところだ。露子はこの景色を見るために、ウラジオストクにやってきた。

沈みつつある夕陽《ゆうひ》がグレーの空に放射線状の光の筋を描いている。夕陽が地平線に近づくにつれ、空と海を分かつオレンジの線が濃くなっていく。

氷の上に、黒いピンのようなシルエットがぽつりぽつりと佇《たたず》んでいる。マジックアワーと呼ばれる自然のショーを見守る人たちだ。

露子は思い切って砂浜から氷の上に踏み出した。

潮の流れがそのまま凍りつき、凹凸に吹き溜《だ》まった雪とともに大理石のような模様を描いている。月光が海に道を描くように、太陽がグレーの雪原に光の道を描いている。

気づくと、その道を夢中で歩いていた。

砂浜から聞こえてくるテクノミュージックがだんだん小さくなっていく。耳が凍りそうになってファー付きのフードを被《かぶ》るとほぼ静寂だ。

気づくと沖の方まで来ていた。視界には誰もいない。独りぼっちだ。

——ほんと、もう感動もん。とくにあのマジックアワーは。

恭吾が興奮気味に言っていた気持ちが分かる。

地平線の夕陽はもう三分の二ほど隠れている。濃紺に陰っていく海が最後の輝きを放つ。露子は思わず視界を狭めるフードを後ろに押しやった。沈む太陽に押されるように宵闇が空へとせり上がっていく。二泊三日の旅の、一日目の夜が今始まる。

露子はいつか聞いた言葉を思い出した。

――人生は二泊三日の旅。

期待に満ちた行きの一日目、そして旅本番の二日目はあっという間に過ぎてしまう。すぐに三日目の夜が来る。三日目は帰り道。疲れた体を引きずりながら旅を終える。今年五十歳を迎えた露子も今、人生の旅における二日目の夜を迎えようとしている。

熱い涙が込み上げて、頬にこぼれ落ちた。

夕陽と空に見入っていた目を、凍りつくような冷たい空気が刺しているからだろう。まつ毛が凍りつきそうだ。無意識のうちに目を拭ってしまい、ミトンの先がマスカラで黒ずんだのを見て、しまったと我に返った。

ただでさえ緊張する海外での一人ディナーなのに、パンダ目では臨めない。一度ホテルに戻ってメイクを直そうと決め、名残惜しい思いで砂浜へと向きを変えた。岸の向こうに広がる街並みの上には月がぽかりと浮かんでいる。

情緒をぶち壊すテクノミュージック――ロシア人が好むとどこかに書いてあった――

に辟易《へきえき》しながら、今度は砂浜から広場を回って石畳の坂に戻った。重たい体で息切れしながらまた丘の中腹まで上り、息を切らせながらホテルに入って、あれ、と足を止めた。

ソファーにはまだ、赤いニットの女の子が座っている。

さっきとまったく同じだ。ダウンコートとバッグを横に置いてスマホをいじっている。露子がマジックアワーで一時間少々海にいたのだから、少なくとも一時間半は経《た》っている。

露子の視線を感じたのか、女の子がスマホから顔を上げた。小さく会釈して行き過ぎようとしたとき、「あの」と声をかけられた。

女の子が座ったまま、露子に向けて自分の目を指差す。

「どうしたんですか、目？」

「ああ、寒くて涙目になっちゃって」

「寒いですよねー、ほんと。知ってます？　今夜はウラジオ、零下二十五度だって天気予報で。ホテルの中はこんなにあったかいのに。でも、古いホテルだから暖房が故障しないか心配。シャワーもね、微妙にあったまるのが遅いっていうか？　でもそれ、うちらの部屋だけかな？　ポットはちゃんとお湯を沸かせたんですよ。カップラーメンを食べるとき」

会話に餓えていたのか、女の子がぺらぺらと話し続ける。そして、立ち去るタイミングを見失って足を止めている露子に、小首を傾《かし》げるようにして問いかけた。

「ね、よかったら、一緒にご飯行きません？」

琴里《ことり》と名乗った女の子と一緒に、露子は再び石畳の坂を下った。

琴里は二十一歳の大学三年生。ウラジオストクには同級生と一緒に来たという。六泊七日の日程で最初は七百八十キロほど北のハバロフスクに二泊し、今朝ウラジオストクに夜行列車で到着したそうだ。

「友だちは今日、オペラを観《み》てから何とか灯台に行くって。あたしはそういうの興味ないからホテルでまったりしてたんです。ちょっと疲れちゃったし」

旅の途中で連れと別行動というのはよく聞く。とくに二人旅でずっと一緒に行動していると、多少なりともフラストレーションが溜まるからガス抜きにもなるだろう。

「個人旅行は自由が利くからいいですよね。パックツアーでまとめて連れ回されるなんて、もうあたし無理かも。あ、ちょっと」

琴里が足を止め、スマホのカメラを構える。さっきから数メートルおきに立ち止まって写真を撮っている。

辺りはすっかり暗くなり、海岸通り沿いに輝く街灯が光の点線となって、薄く白く光る凍った海と湾岸の境界線を描いている。

街へと視線を向けるときらめく灯《あか》りが華麗な色彩を帯びる。一月七日のロシア正教のクリスマスに向けて、街中がライトアップされているからだ。

さっき砂浜から抜けた広場を通り、海を背に街へと曲がると噴水通りだ。クリスマスツリーや星を象《かたど》った色とりどりのライトアップで、街が明るく照らされている。溶けた雪で濡れた石畳が輝き、手の込んだ装飾が施された伝統的な建物にロマンチックな影が落ちる。琴里が歓声を上げ、一歩ごとにシャッターを切る。

「もう、映《ば》える！　映えすぎ！　ロシアのクリスマスなんてレア！」

「写真を撮るのが好きなのね」

「ええ。SNSをやってるから。あたしフォロワーも結構いるんですよ。ちょっと一般人を超えてるかも。あ、ね、撮ってください！」

露子にスマホを渡した琴里が、電球がちりばめられた球形のオブジェに駆け寄り、両頬に手を当てて片足を跳ね上げる。次は両手を高々と広げ、オブジェにキスをするように唇を向ける。行き交うロシア人に笑われても平然としたものだ。次々とモデルばりのポーズを決める。

娘がいたらこんな感じだろうか、と思いながら言われるままに撮ると、琴里が撮ったものを厳しくチェックする。

「ん、まあ、こんな感じかな」

ようやく気が済んだのか、それとも夜を迎えて厳しさを増す寒さに負けたのか、琴里はようやく「行きましょう」とスマホを仕舞った。

「ロシアに来て正解。写真映えするスポットがめっちゃ多いって雑誌で見て、それで来たくて。露子さんは、どうしてウラジオに？」

「んー、気分転換？」

人生における二日目の夜を迎えるお年頃だからか。この何カ月か気分が晴れない。家事と仕事——法律事務所の事務員——は何とかこなしているが、余暇は夫と二人暮らしの家で、ぼんやりネットサーフィンをしているうちに時間が過ぎていく。昔のように遊びに行ったり何かを学んだりする気力が無い。

見かねたらしい夫が、露子に提案してくれた。

——旅行でもしてきたら？　気晴らしに。

ちょうど同じ時期に、ウラジオストクを旅行した友人が土産を持ってきてくれた。息子の恭吾も訪れた場所だと思い出しながら旅の話を聞いているうちに、自分も行ってみたくなった。

「ウラジオストクは近いし、親日だって聞いて。露子の露はロシアの露だし、縁もあるかな、って」

「でも一人旅なんて寂しいですよね？　あたしは絶対に無理だなあ」

「そこはまあ、大人だから」

友だちと海外旅行となれば道中はもちろん、夜も同じ部屋に泊まろうと言われる。一人部屋を取ると割高になるからだ。しかし鬱々としている今、友人と二十四時間笑顔で過ごせる自信がない。

そこで一人旅にチャレンジすることにした。インターネットで電子ビザとエアチケット、ホテルと迎えの車を予約して出発した。

不安はあったが飛行機に乗るとあっという間にウラジオストクに到着した。昭和生まれの女だからかロシアの入国審査が怖かったものの、すぐに終わった。空港の到着ロビーでネームプレートを掲げて待っていた運転手は一言も喋《しゃべ》らなかったが、お前一人か、とスマホの翻訳機能を使って確認してくれ、あっけないほど簡単にホテルに到着した。

ウラジオストクは日本より物価が多少安い。ホテルも海の見える部屋が安く取れたし、流しのタクシーこそないものの、スマホのアプリで呼ぶことができる。ネックといえば、ロシア語がまったく分からないことだけだ。

「ええと、ロー……何だっけ……」

目指す店の名を確認しようと旅ノートを出した。基本的なロシア語のフレーズや、盗難、ケガ、病気などどんなトラブルが起きても対応できるように、日本国総領事館や日本語の通じる病院の住所、そして観光スポットやレストランの情報を、老眼鏡なしでも読める大きさの字でメモしてある。旅行情報サイトの画面をプリントアウトしたものも貼っておいた。

レストランは一人でも入りやすそうで英語か日本語のメニューがある店をピックアップしてある。琴里はどこの店でもいいというので露子が選んだ。

ノートに貼った情報サイトのプリントに載っている、店の看板写真に並んだキリル文字に目を凝らす。辺りの看板を見渡して今見た文字を探したが、見慣れない文字のせいかなかなか見つからない。

シャッターの音が聞こえて視線を向けると、琴里はショーウィンドウの写真を撮っている。一緒に店を探してくれと頼もうとしたとき、琴里が声を上げた。

「ウミちゃん？」

琴里の視線を追うと、少し離れたところで、琴里と同年代の女の子が足を止めてこちらを見ている。

「一緒に来たお友だち？」

「そう。一緒に旅してる宇美《うみ》ちゃんです。こちらは露子さん」

宇美が訝《いぶか》しげな視線を露子に向けた。

化粧気のない細面にスポーツブランドのニットキャップを被り、露子と似たような質実剛健な防寒コートにデイパック。アジアでよく見かけるバックパッカーを思わせるスレンダーな女の子だ。可愛《かわい》い路線の琴里とは正反対に見えるが、姉御肌《あねごはだ》タイプなのかもしれない。

琴里が露子の腕を取ってぺたりと寄り添い、にこにこと宇美に告げる。

「あたしたち、お友だちになって、今から食事に行くの」

「へえ……あたし、まだ行くところがあるから」

宇美は露子に小さく頭を下げて歩き出す。その後ろ姿に「あとでね」と琴里が声をかけた。足早に去っていく後ろ姿を一緒に見送りながら、露子は宇美が一度も笑わなかったことに気づいた。

露子が選んだペリメニ専門店は、日本のファミリーレストランに雰囲気が少し似ている。温かな色調の店内にはソファー席が並び、パステルカラーの制服を着た若いウエイトレスたちが屈託の無い笑顔で迎えてくれる。

ウラジオストクは港町だけあってシーフードの店が充実している。露子も旅行情報サイトのレストランリストで真っ先に惹《ひ》かれたが、何せ初めての一人旅、初めてのロシアだ。シャンパンと生牡蠣《なまがき》で乾杯する前に、入りやすいこの店でロシアでの外食を練習することにした。

店の看板であるペリメニはロシア版の餃子《ギョーザ》だ。露子はサーモンのペリメニを頼むことにした。

「飲みものはロシアンビールにする。せっかくロシアに来たんだから。琴里ちゃんは？」

「あたしもロシアンビール。アムールタイガーにしよう。ラベルが可愛いから」

二人とも決まったところで露子はウエイトレスを呼び、メニューを指差してサーモンのペリメニとロシアンビールのザラタヤ・ボーチカ、そして二人でシェアできるようにビーフストロガノフ、ニシンの酢漬け入りサラダも頼んだ。連れがいると何種類か頼めるのはありがたい。

あなたも注文して、と向かいの琴里へとメニューの向きを変えると、琴里は露子に注文した。

「あたしチキンとチーズのペリメニ。あとアムールタイガー」

ウエイトレスには一切顔を向けない。姫か、と笑いながら代わりに注文してやった。

すぐに運ばれてきたビールでまずは乾杯した。思いがけず長くなった街歩きに加え、効きすぎの暖房でビールがおいしい。喉ごしを楽しんでいると「うえっ」と吐き捨てるような声がした。

琴里が大げさに顔をしかめ、「ダメー」と声を上げる。

「あたしこれ飲めなーい。なんかおいしくなーい」

少し離れたところにいたウエイトレスがこちらを向く。言葉は分からずとも声色で否定的なニュアンスが伝わってしまうのではないだろうか。

焦る露子をよそに、琴里は「うぇーっ」「むりー」と大げさに繰り返し、ウエイトレスは怪訝《けげん》そうに足を止めたままだ。頼んでメニューを持ってきてもらった。

「はい。お子ちゃまにビールは早かったんじゃない？」

息子たちが子どものころを思い出す。

いやー、きらーい、と食べもの飲みものを大げさに拒むのは、自分に注目を集めるためだ。どうして、何ならいいの、もうちょっと食べてみなさい、と皆に構ってもらいたいのだ。やれやれ、とメニューを開いて琴里の前に置いてやる。

「あなたのビールは私がいただくから、ジュースでも頼んだら？」

「うーん……。でもコーラと混ぜたらこのビール、飲めるかも。コーラ」

琴里がまた露子に注文し、露子はウエイトレスを呼んだ。メニューを指差し、つい日本語で「コーラ」と言ってしまうと、琴里が「やーだー」と甲高い声を上げて噴き出した。

「コーラってー。コーラじゃ通じないですよー」

「そうね。琴里ちゃんに頼んでもらえばよかった」

さっき出くわした宇美という女が一度も笑わなかった理由がおぼろげに分かってきた。

ロシアンビールのコーラ割りの酔いが回るにつれて、琴里のテンションは高くなっていく。

「露子さん、ウラジオストクにはいつまでいるんですか？」

「あさっての午後。空港でキャビアを買って帰りたいから、少し早めに――」

「え？　これからハバロフスク、行くんですよね？　ウラジオだけじゃないですよね？　えー、ウラジオだけで帰っちゃうんですか!?　二泊三日って短いですよね？」

「仕事があるから」

「えー、どんな仕事ですかー？」

「法律事務所で事務員をしてるの。書類の作成とかスケジュール管理とか、仕事自体はそれほどハードじゃないけど、弁護士の先生と事務員の私、二人だけだから、休みを取るタイミングを合わせないといけなくて――」

説明を止《や》めた。琴里はスマホの操作に夢中だ。

目的のものを見つけた琴里が、「ほら」と露子に画面を向けた。ウラジオストクの海と同じように凍りついて雪原と化したアムール川や、教会や広場を表示していく。

「ハバロフスクの街。ウラジオより寒いけどイルミネーションとか素敵なんですよー」

「そうなの」

「ほんと、行けないなんて勿体《もったい》なーい」

「そうねえ」

息子たちも小学生くらいまではこうだった。家事や仕事に追われる露子に、幼い冒険を誇らしげに話し続け、露子が驚いたり感心したりしてみせると得意げな顔になったものだ。

「露子さん、知ってます？　ハバロフスク、列車で行けるんですよ？　シベリア鉄道で」

「オケアン号、よね？　乗ってみたいな。今回、席はどこにしたの？」

「二等車ですけどー、それはお金が無くて一等車に乗れないとかじゃなくて、現地の人とふれ合いたかったから二等車を選んだんです。実際、一等車を見たけどたいしたことなかったし、二等車で一緒になった人と楽しく過ごせたし」

突然早口でまくし立てられておののく露子にかまわず、琴里はスマホに入れた列車内の写真をかざして「ほんとに楽しかった」とダメ押しする。とりあえず話を合わせる。

「そうなんだ、楽しそうね、ロシアの列車旅って」

「知ってます？　オケアン号の車窓は雪景色がパーッと見えるんですよ。朝ご飯もロシア風クレープとか出て可愛いし。海外で長距離列車の旅、露子さんも一度はした方がいいですよ」

「したことはあるの。おととしは夫とマレー鉄道でジョホールバルまで――」

「えー、アジアの鉄道!?　すごーい、あたしは絶対無理。なんか虫とかいそう。ほら、ロシアはヨーロッパだから。列車の中ももう可愛くて」

ぞんざいに露子を遮った琴里が、また別の写真を出して突きつける。

露子はこれ以上喋らなくて済むようにペリメニを口に入れた。

ですね、ですよね、ね、ね、ね。露子が何か言うたびに琴里は詰めてくる。優位に立とうとする。この子はいったい何と戦っているのだろう。

ホテルに戻りたい。日本で仕事を終えた時分の夫に電話してから、ホテルのバーを覗《のぞ》いてみたい。さっさと切り上げようと食べるスピードを上げる露子の前で、ペリメニをつつきながら琴里が唸《うな》る。

「なんかー、どれもクセがありますよね。なんかくさい。もっといい店ありそうなのに」

「そう?」

「知ってます?　ウラジオストクはおいしいお寿司屋《すしや》さんや日本食屋が多いんですよ。もうこの店出て、そっち行きません?」

「どこか知ってるお店があるの?」

「スマホで調べたらすぐ出てくると思いますよ」

琴里はスメタナ——ロシアのサワークリーム——をかき回して遊んでいる。スマホに手を伸ばす様子はない。

「私はお腹《なか》いっぱい」

「じゃあ、明日行きましょうよ。あたし、可愛いカフェとかも行きたくて」

「お友だちの宇美さんがいるでしょう？」

「宇美ちゃんはたぶんまた一人で出かけるから」

もう間違いない。食べる手を止めて琴里に向き直った。

「もしかしてあなた、宇美さんとケンカして、それで今、一人なんじゃない？」

琴里が初めて言葉に詰まった。図星だ。

やたらに詰めてくるのも優位に立とうとするのも寂しさのせいなのかもしれない。母親世代の露子に甘えて、やるせなさをぶつけているのではないだろうか。

琴里が拗《す》ねたような口調で告げた。

「宇美ちゃんはすごく自分勝手で、自分の行きたいところにばかり行きたがるし。すぐイライラして人に当たり散らすし」

「お互い様かもしれないでしょう？」

長年連れ添っている夫にだって、旅行中にイラついてしまうことがある。まだ独身だったころには、女友だちと海外旅行の途中で気まずくなったこともある。真夏の暑さに加え、欲張って予定を詰めすぎたのが悪かった。旅の緊張に疲れが重なっていき、食事の店を選んだり道を探したりする中で、お互いいつもより自己主張が強くなり、譲歩ができなくなった。旅の半ばに乗った移動の列車の中では、一言も口を利かずに過ごしたのを覚えている。

それでも頑張って旅を続けた。露子は無理にでも笑顔を作り、頑張って話しかけた。彼女も同じように頑張ってくれていた。それだけでなく、彼女は歩く道すがら面白いことを探しては、二人で笑えるように差し出してくれた。

だから乗り越えられた。そして今でも彼女は露子にとって、かけがえのない友だ。

「誰かと旅をするときに一番大切なのは、心の目的地が同じだってこと。あなたも宇美さんも一緒に楽しく旅をしたいんでしょう？　なら、多少は譲り合えるはず。それに、せっかくの旅なんだから、私みたいなオバさんよりも、お友だちと楽しんだ方がいいじゃない」

ね、と顔を覗き込むと、琴里は唇を突き出すようにして黙り込んでいる。デザートでも勧めようかとメニューに手を伸ばしたとき、ふいにあることを思いついた。

「ね、お店、出ましょうか。この近くに、仲直りによく効くいいものがあるの」

真夜中なのに眩《まぶ》しくて目が覚めた。

ベッドに横たえた体を仰向けにすると光の源が分かった。カーテンを開けたままにしていた窓外の天頂で、月がまばゆく輝いているのだ。真夜中の太陽のように。

ベッドサイドに置いた時計を見ると午前二時を過ぎているが、すっかり目が冴《さ》えてしまっている。朝陽を浴びるとすっきりと目覚められるというが、月の光にも同じ効果があるのだろうか。いつもは寝起きが悪い露子なのに、今は瞼《まぶた》を重く感じることもなく、ベッドから起こした体も軽い。

椅子に掛けたインナーダウンジャケットを羽織ってから、ミネラルウォーターを備え付けのポットで沸かし、持参のティーバッグでカモミールティーを入れた。眠れなかったときのために持ってきたのだ。

熱いカモミールティーを飲みながらデスクの上を見た。寝る前に空けたロシアンビールの缶とスメタナ味のスナックの横に、チョコレートが置いてある。噴水通りにあるチョコレートショップで買ったものだ。

ペリメニ専門店で琴里と食事を終えたあと——食事代は割り勘にした——岩塩味や昆布味のチョコレートなどユニークな商品もある有名なショップに琴里を連れていった。そしてチョコレートを二つ買ってやった。

――宇美さんと仲直りするきっかけになるでしょう？　チョコレートを食べているときは、人は意地悪なことを言えないんだって。お互い優しい気持ちになって話し合えると思うよ。

露子も味見用に少し買い、琴里を連れてタクシーでホテルに戻った。無事に仲直りはできたのだろうか。

お腹はふんわり温まったが、眠気は訪れない。寝不足でぼんやりしたまま異国をうろつくのは危険だ。部屋を暗くした方がいいと立ち上がり、カーテンに掛けた手が止まった。

窓の下辺がぼんやりとオレンジ色のラインを描いている。夕方歩いた海に向かう石畳の道は闇に沈み、オレンジ色の街灯でかろうじて道筋が浮かび上がっている。

その向こうの凍った海は、一面漆黒の闇となって広がっている。この真夜中の凍海だけは初めて見る。息子の恭吾もさすがに撮れなかったからだ。

ウラジオストクを旅した恭吾に撮った写真を見せてもらったら、ほとんどが凍った海の写真だった。露子も見たマジックアワーの海、早朝の海、昼の海。同行するはずの友だちが熱を出してドタキャンし、仕方なく一人で訪れたウラジオストクで二泊三日、観光もろくにせずに凍った海にばかりいたという。

――ほんと、もう感動もん。

二日目も露子はホテルで朝食を終えると凍りついたスポーツ湾に足を運んだ。

快晴の空の下、朝の陽射《ひざ》しを受けた凍海は明るく輝いている。昨日は見えなかった凍海の細部がくっきりと見える。砂浜には打ち寄せたさざ波がそのままの形で凍りつき、まるで時間が止まったかのようだ。

マジックアワーよりも人は多い。数人で揃ってジャンプし、記念撮影をしている若者たちを見ると、氷が割れるのではないかと冷や冷やしてしまう。沖の方には一定の距離を置いて小さな黒い影が並んでいる。釣りにいそしむ地元の人たちだろう。

重装備に加え、朝食のブッフェでブリヌイ――ロシア風クレープ――を食べすぎて重たい体で、沖に向けてよたよたと歩き始めた。

薄く積もった雪の上に散らばるグレーの足跡が、沖に進むにつれて減っていく。代わりに陽射しと雪と氷の凹凸が、きらきらと光る海の水面《みなも》を描いている。

潮の流れが揺らす白く細かな泡模様が広がったかと思うと、凍りついた波に飲み込まれている。小さな波が描く横線が、数メートルおきに目の前を横切る。沖に向けて勢いよく盛り上がり、露子の太腿《ふともも》の高さで時を止めた波から、氷柱が何本も凍った水面に垂れ下がっている。歩いていると、奇跡を起こして海の上を歩いた聖ペテロのような気分になってくる。

氷に小さな穴を空け、折りたたみ椅子に腰を落ちつけた釣り人たちの間を注意深く抜けていく。やがて、目の前に足跡が見えなくなったところで足を止めた。

天国というものがあるならば、こんな場所だろうか。

雪が絨毯《じゅうたん》となって音を吸い取ってしまっているかのように静かだ。真っ青な空がパールグレーの地平線まで美しいグラデーションを描き、どこまでも続く海上の雪原と重なり合う。うっすらと見える半島の対岸は白い霞《かすみ》で覆われ、地平線に溶け込んでしまっている。

いつか死ぬときが来たらこの景色を思い出したい。そんなことが頭に浮かんだ。露子の半分の年齢にも満たない恭吾は、この景色を見て何を思ったのだろう。

ちょうど一年前、大学四年生だった恭吾はウラジオストクから帰ってすぐに、決まっていた一部上場企業の内定を蹴ってシェフになると宣言した。

突然の進路変更に驚く両親の反対も意に介さず、恭吾は大学に入ってからずっとアルバイトをしていたイタリアンレストランで卒業後も働き続けた。そして調理師の資格が取れるとすぐに就職を決めて家を出ていった。四カ月前、八月のことだ。

穏やかで反抗期らしい反抗期もなかった恭吾の豹変《ひょうへん》に露子は唖然《あぜん》とした。恭吾の兄である長男の正恭《まさやす》に頼んで理由を聞き出してもらおうとしたが、確たる理由は正恭にも分からなかった。

——前からシェフになりたかったから、ってそれだけしか言わなかったよ。

ウラジオストクで美味《うま》いもんでも食ったんじゃない？

学生のつつましい旅行、しかも急に一人旅になって経費もかさんだだろうに、そんな余裕が恭吾にあったとは思えない。

もしかして、釣りたての魚でも食べたのだろうか。後方で小魚を釣り上げては氷の上に放る釣り人へと向けた体がきしんだ。重装備でも足元から寒さが忍び寄っている。

露子はひとまず撤退することにして岸辺に向かった。心配してくれている夫のために、観光らしいことも少しはしたと報告したい。

広場のベンチに座ってショルダーバッグに入れた旅ノートを出した。観光スポットを回ろうと道順をさらってから、また石畳の坂を上った。

次第に急になる坂に辟易しながら上りきり、道沿いに曲がる。道を進むとその先に、元気よく右手を突き出したブロンズの後ろ姿が小さく見えた。ウラジオストク駅前にあるレーニン像だ。

薄緑色の屋根に赤色のキリル文字で駅名を記し、てっぺんに今は消えている電飾を掲げたウラジオストク駅の建物は、遊園地にあるアトラクション乗り場のようだ。宮殿のような入口に向かう途中で足を止めた。歩き続けた上に真昼を迎え、今度はシベリア仕様のピーコートの中で、体がうっすら汗ばみ始めたからだ。

暖房が効いていそうな駅の建物内を見学する前に体温を調節したい。両横に伸びた小道に向きを変えた。道沿いに売店が点在し、駅前に並んだ長距離バスの運転手や旅行者で賑《にぎ》わっている。

駅の建物と並行して架けられた歩道橋に上がって欄干に寄りかかり、ピーコートの前を開けた。線路を見下ろし、しばし列車を眺めながら体が適温になるのを待っていると、「やだー！」と笑う甲高い声が聞こえた。

橋のたもとで琴里が向かいに立った相手を見て笑っている。

相手は後ろ姿から見て宇美だろう。笑っているのなら仲直りしたのだ。まったく世話が焼ける、と口元がほころんだとき、「だからー！」といら立った女の声が続いた。

何ごとかと歩み寄って回り込むと、宇美が向かい合った琴里にスマホを突きつけている。

「笑ってないでちゃんとこの地図を見て。今いるのはここ、そこの道をそのままずっと歩いていけばホテルの建物が見えるから。歩くっていっても十分とかだし、ハバロフスクから来て駅からホテルまで歩いた道じゃん」

「え、うそでしょ、何それ、宇美ちゃん勝手すぎるよ！」

琴里の形相が変わる。露子が買い与えたチョコレートの効果はなかったようだ。

行き交う地元の人や旅行者が目を丸くしてこちらを見ている。売店の周りに溜まって煙草《たばこ》を吹かしているバックパッカーたちの間からは冷やかしの声が沸き起こる。露子はたまらず言い争う二人の間に割り込んだ。

「どうしたの？　二人とも、ちょっと落ちついて——」

琴里が「露子さん」と嬉《うれ》しそうな顔になり、ついでまくし立てた。

「宇美ちゃんがあたしにひどいことを言うの。一人でホテルに帰れって」

「別にホテルに帰らなくてもいいよ。一人でどこでも観光に行って。あたしはあたしで別行動するから」

「また別行動ってそんな、どうして——」

宇美の仏頂面が露子に向き、指が噴水通りに続く石畳の道の先を差した。

「そこの美術館に行ったんですけど、この子、つまらないって文句言い通しで。その前に行った凱旋門《がいせんもん》も、教会も——」

「だってつまらないからつまらないって言っただけじゃない。あんなところより、可愛い雑貨屋さんやカフェに行った方がいいよ、って」

「だから一人で行ってよ」

琴里に告げる宇美の口調は冷たく落ちついている。息子たちの兄弟ゲンカを見て知っているが、怒っているよりもっと厄介な状態だ。努めて優しく声をかけた。

「あの、宇美さん？　二人旅なんだから、お互い行きたいところに譲り合って——」

「あたし最初に旅の話をしたとき、彼女に言いました。ハバロフスクでもウラジオでも、あたしが行きたいのは観光名所や美術館、博物館。買い物やカフェめぐりには一切興味がないって。彼女はそれでもいい、一緒に行きたいって言ったんです。それなのに、初日からずーっと文句ばっかり。せっかく楽しみにして来たのに——」

「だってこんなにつまんないところばっかりだとは思わなかったんだもん」

「——じゃ、あたし行くから」

大きなため息とともに言い捨てた宇美が歩き出そうとする。その腕を思わずつかまえた。

「ね、一度二人でホテルに帰って、ゆっくり話し合いなさい。まだ旅は続くんでしょう？」

「ホテルに帰ったら帰ったでまた、ホテルがぼろいとかベッドが狭いとか文句を言われるし。あたしにホテル選びも予約も丸投げしておいて」

日本語で思い切り訴えられる聞き手を得て、宇美は勢いよくまくし立てる。

「何でもそう。ホテルも食事する店も行く場所も。どこでもいいー、決めてー、って人任せのくせに文句ばっかり。空港やホテルのチェックインもレストランのオーダーも道を探すのも、できなーい、分かんなーい、って全部人任せ。日本人としか口が利けないから、シベリア鉄道の中でロシアの人に話しかけられてもあたしに相手をさせて、そのくせ、あたしがその人たちと盛り上がるとむっとして嫌味を言うし」

「あたしのこと仲間外れにするからでしょ！　普通はさ、あたしのことも仲間に入れるように気遣ってくれるよね」

琴里がボルテージを上げると、見ている人々が小さくどよめく。

なおも食ってかかろうとする琴里を、露子は「やめなさい」と制した。そして、宇美の腕に手を掛け、琴里から少し離して諭した。

「あなたの気持ちも分かるけど、二人旅なんだから少しは譲歩してあげたら？　琴里ちゃんが行きたいっていう可愛いお店に少し付き合ってあげれば、それで彼女は気が済むかもしれないじゃない」

「タダでツアコンにされるのはもううんざりです」

「そんなこと言ったって、彼女と旅をすると決めたのはあなたでしょう？　途中で放り出すなんて無責任じゃないかな？」

宇美が露子の手を振り払った。

「何なんですかあなた。余計なことされて迷惑なんですけど」

「は？　私が何を――」

「昨日あの子を一人にしたのは、あんまり調子に乗ってるから、心細い思いをすれば少しは反省して遠慮するようになるだろうって思って。なのに、ホテルに帰ったら『露子さんが食事に連れてってくれて、可愛いお店でチョコまで買ってくれて楽しかったー』って自慢しまくり。今日だって当てつけがましくずーっと言ってますよ、『昨日は楽しかったのに』って」

「露子さん、言ってくれましたもんね？　一緒に旅をしてるんだから宇美ちゃんはもっと思いやりを持つべきだって」

琴里が得意げに言い放つ。曲解だと露子が弁解するより先に宇美が畳みかける。

「暇なんですか？　うちらのことに首突っ込まないでくださいよ。赤の他人のくせに、親みたいな説教されたくない」

「あのね、あなたにだって、彼女が一緒に来てくれてよかったことはあるでしょう？」

一泊は車内泊だったとしても、七日の旅でホテルの部屋をシェアできたなら、一人部屋を取るよりも少なからず費用が浮いたはずだ。決済も引き受けたならクレジットカードのポイントだって二人分貯《た》まっただろう。レストランに入っても二人分の違った料理を頼める。何より、未知の場所に赴くときの不安や緊張も一人のときよりはずっと少ない。

それらのメリットがあるから、宇美も琴里と旅をすることにしたのだろう。おそらく多少の違和感には目をつぶって。

ここまで強烈な琴里のワガママを、今までまったく感じなかったわけがない。

「おいしいところだけ取ろうったって無理。とにかく、自分で選んだことなんだから責任は取らないと」

「ねーえー、もうお昼だよ？　お腹空《す》いた」

琴里が話は終わりとばかりに宇美に呼びかけた。

宇美が深いため息をつき、少しの間、露子に視線を向けた。

続いてバッグに手を突っ込んで出したのはA５のクリアファイルだ。宇美は二つ折りにした紙を何枚か引き抜き、琴里に突きつけた。

「帰りの飛行機のeチケット、琴里ちゃんの分。あたし別のホテルに移るから、あとは一人で好きにして。あたしよりこの人に世話してもらう方がいいでしょう」

「待って宇美ちゃん、別のホテルに移るって……！」

すがりつく琴里を、宇美が露子に向けて押しやる。

「彼女のこと、あとはよろしくお願いします」

「あなたこの子を放り出す気!?」

「できるだけのことはしました」

いんぎんに頭を下げた宇美が、くるりと背を向けて走り出す。

露子が「待ちなさい！」と呼びかけても止まらない。駅前に並んだ観光バスの間をすり抜けていく。

わあっ、と泣き声が響いた。琴里がしゃがみ込んで泣き出したのだ。

「何してるの、琴里ちゃん、早く宇美さんを追いかけないと」

急《せ》かそうと琴里の背に手を掛けると、コートの裾をぎゅっとつかまれた。

「私じゃなくて。あなたと宇美さんのことなのよ!?　ほら行って!」

琴里は泣き続けるだけだ。

「しっかりして。私は行くからね。本当に」

コートの裾を琴里の手から引き抜き、立ち去ろうと一歩踏み出して足が止まった。

バックパッカーの中から一人の男の子が、心配してか面白がってか、こちらに近づいてくる。周りは応援なのか冷やかしなのか、何か言っては笑っている。

琴里はしゃがんで泣き続けるばかりだ。

今、露子がこの場から歩き出せば、琴里と男たちを隔てるものは何もなくなってしまう。

泣き続ける琴里をなだめすかして立ち上がらせ、ウラジオストク駅の待合室に連れていった。落ちつくのを待つ間にアプリでタクシーを呼んだが、思ったよりも待たされた。

ホテルに着くと宇美はすでに荷物をまとめて出てきたところだった。そして露子たちが乗ってきたタクシーに乗り込み、露子の制止も聞かずさっさと去ってしまった。

琴里は呆然としているのか、ロビーに入っても黙りこくったままだ。

露子は仕方なく琴里をロビーのソファーに座らせてフロントに行った。そして片言の英語でセルゲイに、琴里たちの部屋の宿泊代金がどうなっているのか聞いた。

「ホテル代は支払い済みみたい。バウチャーがどうのこうのと言っていたから、宇美さんが旅行サイトで先払いしたのかな?」

「知らない」

本当に旅のすべてを宇美に丸投げしていたらしい。宇美は何だってこんな大きな赤ん坊のような子を海外になんて連れ出したのだ。

露子はいら立ちを堪え、琴里が渡されたeチケットの控えを見せてもらった。あさって出発するLCCの帰国便が予約してある。

「琴里さん、いい? よく聞いて、これからのこと」

バッグから旅ノートを出した。琴里に渡そうと紙を一枚破って書き付けながら説明した。

「部屋はあるんだから、出たくなければずっと部屋にいればいい。あさって、ここから空港までタクシーで行くの」

琴里がスマホを出した。自分でもメモを取るのかと待っていると、しばしタップしたのち耳に当てた。そして口を尖《とが》らせた。

「宇美ちゃん、あたしの電話を着拒してる。メッセージも既読がつかないし。ひどい、信じらんない」

「ねえ、とにかく今はちゃんと聞いて。あなたが乗るのはお昼の十二時発の便。空港まで一時間だから、三時間前には必ずロビーに出て」

「無理」

「空港まで千五百円くらいだから。朝九時発で予約しておいてあげる。当日ロビーに下りてフロントで名前を言えば大丈夫。決済もクレジットカードを出せば——」

「無理、一人でなんて怖い」

「それしかないの。私は明日帰るんだから」

「宇美ちゃんは全部やってくれたもん。飛行機に乗るときも、なんかいろいろ」

「変更できないエアチケットなの、私のは」

メモ書きを受け取らせようとしたが、琴里ははねのけた。

「露子さん、空港まで連れてって。飛行機に乗せてくれればいいから帰国をあさってに延ばせばいいでしょ」

「大丈夫、空港に行って、航空会社のカウンターでeチケットの控えとパスポートを出せばいいだけ――」

「どこだか分かんない!」

メモが床に舞った。

「露子さんのせいなんだよ? 露子さんが宇美ちゃんを怒らせたから、あたし置いていかれたんだよ?」

琴里がまた泣き声になり、子どものように言い募る。エレベーターホールからロビーにやってきた宿泊客のカップルが、驚いたように琴里を見る。

デイパックを背負った男性を見て、さっき琴里に歩み寄ろうとしたバックパッカーを思い出した。

取っておいたチケットは無駄になるが、LCCならオフシーズンの今、あさって出発でもチケットが取れるかもしれない。琴里と同じ便は取れなくても、空港に連れていって飛行機に乗せることはできる。

うつむいている琴里の肩に、露子はそっと手を掛けた。

「琴里ちゃん。とにかく一度、部屋に戻って」

勝手に帰国を延ばしたりはできない。一度部屋に戻り、夫に連絡して相談しよう。話はそれからだ。

「ね? あなたは少しお部屋で休んで――」

スマホを目の前に突きつけられたかと思うとシャッター音が聞こえた。してやったりの顔をした琴里が、画面を露子に向けた。化粧が崩れた五十路女の驚き顔がこちらを向く。

「あたしを置いていったりしたら、あたしのSNSにこの写真を上げるよ。江口露子さんにひどいことをされた、って」

「いい加減にしなさい」

スマホを取り上げようとしたが空振りした。

別人のように余裕を取り戻した琴里が口を歪《ゆが》める。

「露子さんが住んでる地域も、仕事も、昨日聞いたからそういうことも。SNSって繋《つな》がりだから、あっという間に身元が割れるよ」

「自力で帰れないいんだったら、宇美さんに連絡して謝って。着信拒否をされていても、同級生なんだから、共通の友だちを通してなら連絡取れるでしょう？　許してくれるまで、何度でも連絡するの。宇美さんだってきっと、あなたのことが気になってるはず。だから、あなたが心を込めて彼女に謝れば――」

「なんであたしが謝んなきゃなんないの？　あたしはさ、置いてかれたんだよ。露子さんが責任取れば済むことだよ。でないと」

琴里が得意満面で自分のスマホを露子の目の前に振りかざす。

「あなた、私を脅すのね」

自分でも驚くほど静かな声が出た。

この子は、それしかできないのだ。宇美に許してくれと詫《わ》びることもできない。自力で帰国することもできない。人を頼りにするしかない。

――宇美ちゃんは全部やってくれたもん。

宇美だけでなく、琴里の周りにいる誰もが「全部やって」あげてきた結果が、今の琴里なのだろう。

琴里が「ねーえ」と急かす。

「露子さん気分転換したいんでしょ？ 昨日のきらきらしたエリアに行けばいいじゃない。あの辺まだ可愛いお店がいっぱいあったでしょ。あたし、お腹空いたし」

なんだか琴里が哀れになってきた。

自分が真に望むものは自分にしか分からない。それなのに自分で行き先を決められない。他人任せだから、どこに行っても不満ばかりで彷徨《さまよ》い続けているのだ。

ソファーテーブルに放り出していた旅ノートを取った。

「待ってて。先に場所を確認するから」

「早くね」

ページに見入った振りをしながら、視線だけを琴里に向けた。琴里がスマホを出し、操作し始めるのを待ってノートのページに視線を走らせた。

天井から雨脚のように銀色のオブジェが下がっている。露子が今朝スポーツ湾の沖で見た氷柱のようだ。猫足のチェアに座り、愛嬌《あいきよう》のある顔が描かれた猫形のクッションを抱えながら、次は壁へと視線を移す。

ハート形の金縁に収められた鏡や、大小の白い額に入った鏡がずらりと貼り付けられ、窓から差し込む午後の柔らかな陽射しを分け合っている。壁と天井が白く塗られた洋館は、窓枠やカーテンをミントグリーンの色で差し、アクセントにポップな線画があちこちに描かれている。

テーブルの上には猫形のランチョンマットが置かれ、上には、不釣り合いな赤い箸袋と菊の花状にたっぷり絞り出されたワサビの小皿が置かれている。

「可愛いー。可愛いー。めっちゃ可愛いー」

琴里は店中を遠慮なくうろつきながら、スマホカメラのシャッターを切り続けている。ツインテールにピンクのロリータワンピースをまとった赤毛のウエイトレスが笑っているのが見えた。

昨日も訪れた噴水通りにあるカフェにやってきたところだ。日本のアニメ文化をリスペクトしているという二階建ての店内はキュートな装飾が施され、まさに琴里が言うところの「映える」場だ。

一人でなら来る機会はなかっただろう。その点は琴里に感謝しなければならないかもしれない。

——おいしいところだけ取ろうったって無理。

ウラジオストク駅で宇美を諫《いさ》めた言葉は、そのまま露子にも当てはまる。子離れの寂しさを紛らわせようと、出会ったばかりの琴里に必要以上に世話を焼いた。宇美が言うとおり、琴里が増長したのは露子のせいでもあるのだ。

だから、できるだけのことはしなければならない。

「ね、せっかくだから一緒に撮ってもらいましょう」

露子はウエイトレスに自分のスマホを渡し、琴里と並んで写真を撮ってもらった。さらに琴里に言われるまま、ジュースを飲んだり色とりどりのカリフォルニアロールを食べる琴里を撮り続けた。

カメラの前では笑顔でロールを頬張った琴里は、撮影が終わると顔をしかめた。

「うぇーっ、なんかイマイチ。露子さん知ってます？　ウラジオのスーパーで売ってるばら売りのお寿司、結構おいしいの。初日、夜食に買ったんです。露子さんも食べた方がいいですよ」

しくなった。
露子に対しては褒めても、どうせ宇美と食べたときは文句を言ったのだろう、と可笑《おか》
「へえ、そうなの」
「あたし、このあとスーパーに行きたい。初日に行ったところはたいしたことなかった
から、大きくて商品がいっぱいあるところ。露子さんもそういうところでお土産を買っ
た方がいいですよ」
「そうね。でも先に行きたい建物があるから付き合って。今日のうちにどうしても行き
たいの」
食事を終え、またアプリでタクシーを呼んで琴里と乗った。窓外に向けてシャッター
を切る琴里をよそに旅ノートを開いた。声を出さずに口だけを動かして、書いてあるフ
レーズを練習する。
細長いウラジオストクが腕だとしたら、さらに細い、指のような半島の先端方面に向
かったタクシーが、第二関節の辺りで止まった。降り立った琴里がうさんくさそうに殺
風景な周囲を見回す。
「何、ここ?」
「あの建物」
オレンジ色のラインでポップに飾られた、クリーム色の小さなビルを琴里に示した。

短い階段を上って敷地に入り、両開きの木の扉から中に入ると警備員がじろりと露子を見回す。緊張を押し隠して微笑みかけ、ロシア語で話しかけた。

「ズドラーストヴィーチェ、ヤーハチュー、パイチー……」

さっきカフェで用意したスマホの翻訳アプリでロシア語を表示し、警備員に見せた。ここで拒まれたら計画が台無しだ。心臓が早鐘を打つ。

小さくうなずいた警備員が、行けというように前方を示す。ほっとして「行きましょう」と琴里をうながした。さすがの琴里も雰囲気に気圧《けお》されたのか、大人しくついてきた。

「ねえ、何、ここ？」

「乗って」

エレベーターで六階に上がり、降りるとまた警備員がいる。同じように片言のロシア語とスマホの翻訳アプリで通してもらった。

「そこ。あ、せっかくだから写真を撮ってあげる」

パスポートと同じ菊のマークが掲げられた、両開きの白い扉の前に琴里を立たせて写真を撮った。レンズが向くと自然に体が動くのか、微笑んでポーズを取った琴里が、横に掲げられたプレートに気づいた。

「日本国総領事館、って何？　博物館か何か？」

「大使館みたいなところ。日本人の援助や保護のためにあるの」

だから警備が厳しい。スムーズに入れてもらえるように、一階と六階で露子はロシア語で挨拶し、日本国総領事館、とロシア語で表示して見せたのだ。

——こんにちは。ここに行きたいんですけど。

「なんで大使館に行くの?」

琴里が眉をひそめたとき、タイミング良く日本人職員が中から出てきた。

「こんにちは。何か?」

「保護をお願いしたくてお伺いしました」

「保護、といいますと、旅行中の方ですか?」

ええ、と琴里の肩を抱いて職員に相対させた。

「彼女が、一緒にウラジオストクに旅行に来た友だちとケンカをして、置き去りにされてしまって。一人では帰国できないと困っているので連れてきました」

「失礼ですが、一緒にいらしたあなたは?」

「同じホテルに泊まっている者です。彼女から何とかしてほしいと相談されたのですが、私は帰国が迫っているので、彼女の面倒は見られません」

「何言ってるの?」

鋭い琴里の声がぐっと低くなった。

「言ったよね？　SNSに上げちゃうよ、おばさんの写真」

「知ってる？　肖像権の侵害は違法行為。裁判所で訴訟を起こせるの。私はすぐに訴える。法律事務所で働いてるから、うちの先生に頼んでね。さっきのカフェであなたと撮ったツーショットと、今ここで撮った写真も見せて説明する。旅先のウラジオストクで困っていたあなたにご馳走《ちそう》して、総領事館まで送り届けた、って」

訴えられたら琴里も困るだろう。就職活動だって控えているのだ。今は企業が社員のSNSに神経を尖らせていると聞く。

琴里もそこに思い至ったのか絶句し、ついで露子を睨《にら》みつける。かまわず職員に「お願いします」と頭を下げ、琴里に告げた。

「宇美さんに謝るか、自力で帰るか、こちらで相談に乗ってもらって、あなたの行き先を決めて。無事を祈ってる」

エレベーターに向かって歩き出した。面白そうに見ている警備員に会釈してエレベーターに乗ろうとしたとき、背後で泣き声が響いた。

振り返ると琴里が職員にすがるようにして泣き出したところだ。

「ひどいんです、友だちが、勝手に、あたしのことを置き去りにして……！」

むせび泣く声をエレベーターのドアがぴしゃりと断ち切った。

エレベーターは止まったままだ。一階のボタンがなかなか押せない。

ドアで断ち切られたはずのむせび泣く声が、まだ露子には聞こえてくる。

無意識のうちに握っていた拳を、心を決めて開いた。一階のボタンを押すと、エレベーターがきしむような音を立てて下り始めた。

外に出て、タクシーを降りた通りとは反対側に坂を上る。心臓を震わせていた緊張の高鳴りが、やがて息切れの高鳴りへと変わっていく。

細長い半島を横切るように、住宅街の間を通り抜けた。

――ずっと、シェフになりたかったって。

息子の恭吾がウラジオストクから戻ったあと、思い切った行動に出たわけが分かった気がする。

五十歳の露子が人生という旅の二日目の夜にウラジオストクを訪れたように、一年前、二十二歳の恭吾も人生一日目の夜をウラジオストクで迎えたのだろう。きっと、恭吾は痛感したはずだ。ウラジオストクの凍った海の上で沈む夕陽を見て。天国を思わせる地平線を見て。

人生という旅の終わりは必ず来る。時間は限られているのだと。

だから恭吾のことも、琴里と同じように送り出さなければならない。自分が決めた行き先を目指して、自分の力で歩いていけるように。

立ち並ぶ集合住宅の間を抜けていくと、空が広くなる。建物越しに眩しい光が目を射る。光の方向を目指して、さらに建物の間を抜けていく。

視界が一気に広がり、眩しさで目を細めた。

レンガと鉄でできた柵の向こうにアムール湾が広がっている。夕陽のオレンジが凍った海を染めつつある。マジックアワーに間に合ったのだ。

夜の幕開けを彩る自然のショーの始まりに目を凝らした。

瞼に焼き付けておきたい。美しい夕陽が凍った海の上に描く、彼方《かなた》に向かう光の道を。

誰も行きたがらない旅

会社の正面に広がる冬枯れの景色に、色鮮やかな観光バスが滑り込む。降り立った女性添乗員が運転手とともに、バスに設けられた荷物入れを開ける。本庄光俊《ほんじようみつとし》は構えていたカメラを下ろし、小さな玄関ロビーを埋めた社員たちの反応を窺《うかが》った。

「あれか？」

「すげえな」

バスを見た社員たちが目を丸くする。毎日顔を合わせていても、いつもの揃《そろ》いのジャンパーや作業着姿でないと初対面の人たちのようだ。休日のカジュアルスタイルの内側に憂うつを押し隠している社員は、どのくらいいるのだろう。

朝九時を回り、添乗員が準備完了を告げに来たのを機に、本庄は集まった社員に向き直った。社長として、社員旅行の幕開けに挨拶をしておかなければならない。

「皆さん、いよいよ、本庄レッグウェア株式会社、初の社員旅行です。一泊二日、思い切り楽しんでください！」

——社員旅行、それは誰も行きたがらない旅。

脳裏に浮かんだフレーズ——インターネット上で見た——を振り払い、「盛り上がってください！」と声を張って精一杯の笑みを浮かべた。社員たちの内心は窺い知れないが、拍手で応えてくれる。

本庄レッグウェア株式会社は名古屋市郊外にある小さな会社だ。スポーツや健康に特化したソックスやサポーター、レギンスなどレッグウェアの製造を手がけている。

今年、創業五年目にして初の社員旅行を実施することになった。企画を立ち上げるにあたって、本庄が「社員旅行」とインターネットで検索してみたら、否定的な意見の嵐に圧倒された。

――行きたくない。

――最悪。中止しろ。絶対やだ。

女性だけかと思ったら男性の拒絶も多い。若者だけかと思ったら、三十九歳の本庄と同じかそれ以上の年齢層も多い。検索サイトには「断る口実」「休む方法」「行かない権利」など回避を望むサジェストがずらりと並んでいる。合法的に休む方法を教えて、と法律相談サイトに投稿する者までいた。

社員に回答してもらったアンケートでも、社員旅行の実施日数は一泊二日を選んだ社員が圧倒的に多かった。日帰りという選択肢があったなら、きっとそれが一番だっただろう。

――社員旅行が皆に喜ばれたのは昭和時代の話ですよ。

今と違って旅費が高かったし、個人で旅行の手配をするのも難しかったから。

悩む本庄に、手配を頼んだ旅行会社の社員がこっそり教えてくれた。

その上、強制参加にしたらパワハラになってしまう。社員が参加したくなる旅にすべく、本庄は旅行会社の担当者と知恵を絞った。

「わあ、豪華」

華やいだ声が聞こえて顔を向けると、専務で企画営業部長でもある堤《つつみ》が社員たちにパンフレットを見せて説明している。

「でしょう？　大型なのに二十七席だけのゆったりサイズ、もちろんトイレ付き」

「おお、ビールを飲みまくっても大丈夫だな」

「席は電動リクライニングだってよ。窓もあんなにでかいし」

社員たちがバスをまじまじと眺める。

参加人数は二十二人。人数的にも移動時間的にもマイクロバスで事足りる、と旅行会社から見積りが出たが、あえて大型バスにした。割り増し料金を払って、スマホが充電できるコンセント付きできれいな新しい車両を、とリクエストもした。

移動のバスだけではない。快適な旅になるよう宿にもスケジュールにも心を砕いた。

「初めての社員旅行ですから。皆さんに一泊二日、思い切り楽しんでいただけるように、できるだけのことを考えました」

そのためだけではない。準備が整い、ロビーを出てバスに向かう社員たちを送り出しながら声をかけた。

「気をつけて行ってきてくださいね。僕は行けなくて本当に残念だなあ」

本庄は社員旅行には参加しない。一人会社に残り、パソコンのプログラムソフトでいつものようにソックスのデザインを続ける。

社長室に続くデザイン室は本庄の殻だ。必要がない限りは閉じこもっている。家にこもって一人で絵を描いていた子どものころと同じだ。

本庄はカタツムリなのだ。一定の時間が経《た》ったら殻に引っ込む。でなければ乾いて息も絶え絶えになってしまう。殻の中に入れるのは、今のところ妻だけだ。

そんな性格だから、以前勤めていた大手スポーツメーカーでの社員旅行は地獄だった。一泊二日、ひどいときには二泊三日も相部屋で寝泊まりさせられ、殻に引っ込むことが許されないからだ。帰宅するころには干からびて死にそうになった。会社を辞めたときは、これで社員旅行に行かずに済むとほっとしたものだ。

大量生産では叶《かな》わない上質なソックスを丁寧に作り、人を喜ばせたいという夢を実現させるために、小さな工房を立ち上げてデザインに取り組んだ。売るために営業、会社を動かすために経理や総務と人が増え、発注していた小さな工場が倒産しそうだったので吸収合併したら、今の規模の会社になってしまった。そして今期、主力商品であるスポーツソックスの一つが有名アスリートの推薦でバカ売れし、ありがたいことに大幅増益となった。

できれば利益は設備投資に回したかった。しかし、今回のヒットは運によるものが大きい。増益で浮かれて大々的な設備投資をして、回収できずに苦しんだ会社も見ている。

税理士に相談したら社員旅行を勧められた。

——社員旅行は条件を満たせば節税になりますよ。

利益を社員に還元できるし、人材の確保にも有効ですし。

社員同士、普段見られない一面が見せ合える。チームビルディングに有効だ。社員旅行の効能は、勤め人時代にさんざん聞かされた。そして辟易《へきえき》していた。職場のコミュニケーションは就業時間中にすればいいではないか。

一方で、社員に利益を還元したいとも思う。突然のヒットで増産、出荷と忙しい日々が続き、社員は皆頑張ってくれたからだ。税理士に尋ねてみた。

——社員に特別賞与を渡すとか、商品券を配るとかでは？

——それは課税対象です。

社員の皆さんと近場の海外にでも行かれたらどうですか？

予算は一人当たり十万円。日程は四泊五日まで可能です。

四泊五日も社員旅行などしようものなら、間違いなく干からびてしまう。

下は総務の二十代女性社員、上は製造部門の定年間近の男性社員と年齢層も幅広く、話すだけでも気を遣う。一泊だとしても、それが二十四時間は続くのだ。イヤだ、行きたくない、と妻に愚痴り続けるうちに、はたと気づいた。

行かなければいいのだ。

調べたら、別に社長が同行しなければならない決まりはない。営業所、部、課の単位で社員旅行に行く会社も普通にある。

バスに乗り込む社員たちの写真を撮ってから——社員旅行と見なされるには証拠写真も必要なのだ——カメラを渡そうとロビーでスマホに見入っている堤に歩み寄った。

「くれぐれも事故のないように、よろしくね、堤くん」

堤は三十二歳、以前いたメーカーの後輩で企画営業を担当していた。一緒に仕事をする中で、お互い歴史好き——特に戦国時代のことなら一晩中語り合える——だということが分かって親しくなった。

営業成績の良かった堤は、メーカーで充分出世を狙えたはずだ。それなのに、当時社員三人の本庄レッグウェア工房が何とか軌道に乗ったころ、一緒に働かせてほしいと押しかけてきた。

——大きな会社の小さな歯車でいたくないんです。

営業の要になって、必ずこの会社を大きくします！

宣言どおり、堤は企画営業部のトップとして、そして今は専務として活躍し、本庄の頼もしい片腕となってくれた。社員たちとのパイプ役も務めてくれる。そんな堤なら、と社員旅行の件を相談してみた。

——そうですよね。社長は今、夏物のデザインで手一杯ですし。

社員旅行は僕に任せてもらって大丈夫ですよ。

適材適所。堤のおかげで本庄はデザインに打ち込める。かけがえのない存在だ。

「堤くん、そろそろ時間じゃない？」

声をかけるとスマホに見入っていた堤が「ジョーさん」と本庄に顔を向けた。

ジョーさん、というのは以前いた会社での呼び方だ。本庄レッグウェアに入社してからは社長と呼んでくれているが、たまに昔の呼び方が飛び出す。だいたいはトラブルが起きたときだ。

「経理の安田《やすだ》からメールです。体調不良で行けなくなったと」

「え!?　待って、休む人、まだいたよね!?」

インフルエンザかも、子どもが熱を出した、と、今日不参加を告げた社員がすでに二人いる。頭の中が真っ白になった。

社員旅行と見なしてもらえる条件は日程、予算の他にもう一つある。参加人数がパート・アルバイトを含めた社員の五十パーセントを超えていることだ。本庄レッグウェアだと二十人の参加が絶対条件となる。

だからなるべく多くの社員に参加してもらおうと頑張った。そして二十二人の参加希望者を確保して安心していたのだ。

堤が怒りの表情でスマホの電話帳を検索する。

「安田が休んだら五十パーセントを切ります。他の二人と違ってこんなギリギリに連絡するってことは、寝坊して面倒になったってとこでしょう。遅刻でもいいから来させます。参加させます！」

スマホをタップしようとした堤の手を止めた。

「そんなことしたらパワハラ。それに、本当に熱があるのかもしれないでしょう？」

「だったら他の、不参加の社員に連絡して呼びます」

「土曜の朝だし、今さら急に参加する人なんかいないよ」

「だけどジョーさん、参加人数が五十パーセントを切ったら」

「待ってて」

会社の奥にある小さな社長室に小走りで向かった。

節税できなかったら社員旅行ではなくただの旅行になってしまう。ただの贅沢《ぜいたく》になってしまうのだ。

コートと通勤のときに使うバッグ、妻が淹《い》れてくれたコーヒーの入ったステンレスボトルと自社のソックスのサンプル——着替えを持っていないから——をつかんでバスに乗り込んだ。驚いたように本庄を見る十八人に向けて、作り笑顔で挨拶した。

「えー、急な病欠がありまして、ホテルや食事の予約に穴を空けないように僕が参加させてもらいます。一泊二日、ご一緒します。よろしくお願いします!」

「はい、皆さん、拍手!」

後ろから堤が声をかけ、社員たちが拍手で迎えてくれる。

席に余裕があったのが幸いだ。バスの前方右側、商品開発部のデザイナーと技術者三人が座っているエリアの最前列二席を貰《もら》うことができた。隣に誰もいないのがせめてもの救いだ。道中、一時間半も気を遣ってどうでもいい会話なんてしたくない。

なるべく殻から顔を出さずに済むよう、窓際の席で身を縮めた。コーヒーを飲みながら、スマホのメッセージで妻に報告と愚痴を送っていると「社長」と声をかけられた。

「あの、よかったら、これ……」

バスの前方左側に座る経理と総務五人のうちの一人、女性社員が差し出してくれたのは、個包装のチョコレートクッキーとおせんべいだ。その隣と後ろで他の女性社員も、召し上がれ、というように本庄に微笑《ほほえ》んでいる。反射的に「ありがとう」と微笑み返し、通路側の席に移って受け取った。それだけでは素っ気ないだろうと話しかけてみた。

「皆さん、冬の琵琶湖《びわこ》に行ったことはある？」

行き先を琵琶湖に決めたのは本庄ではない。こちらが希望した「二時間以内で着ける場所」という条件の下、旅行会社がいくつか候補地を出してくれ、それを見た堤が「長《なが》浜《はま》に行きたい」と言ったからだ。

移動時間が長いとストレスが溜《た》まる。集合時間が出勤時間よりも早いと社員は不満を抱く。勤め人時代の経験から、社員旅行で嫌がられるポイントは知り尽くしている。

その気配りが通じたのか、女性社員たちは答えてくれる。

「スノボしに行くくらいで……」

「スキー場から琵琶湖の景色が……」

「あー、なんとかテラス……」

おおう、と後方から、女性社員たちの声をかき消すように盛り上がる声が聞こえた。

バス後方は製造部門の七人、工場で製造に携わるメンバーだ。腰を浮かせて後方を見ると、早くもビールや缶チューハイで宴会が始まっている。

郊外で畑に囲まれた本庄レッグウェアは大半のメンバーが車通勤だ。皆で揃って酒を飲める機会はそうそうない。女性社員が多いバス前方との緩衝材に置いた営業部の半分と堤も、宴会に加わっている。

製造と営業は納期のことで対立することもある。親睦を深めてくれるのはありがたい。

バスの中ほどの半地下にあるトイレに立ったついでに、宴会メンバーにも声をかけた。

「どうも。夜の宴会にも滋賀のおいしいワインや日本酒を揃えてもらいましたから、期待してくださいね」

賑《にぎ》やかな語らいがぴたりと止まった。

缶を口に運ぶ手も、新たな缶を開けようとした手も同じだ。最年長の職人が小さく頭を下げる。

「ありがとうございます」

「何、みんな改まっちゃって。まあ飲み始めたばっかりだから。どうですか、社長も」

堤が缶ビールを差し出す。「仕事があるから」と遠慮してトイレに入った。

勤め人時代の社員旅行で聞いたことを思い出す。

――無礼講なんて口だけだから。

大半の社員は油断なく気を遣っている。本当に無礼講を実行した社員はあとで必ず上層部に疎まれるからだ。

トイレを出て階段を上ると、本庄の席と近い経理や総務、技術者チームもさっきよりずっと賑やかになっている。いつの間にか堤が移動して、技術者の一人と話し込んでいるのも見えた。

本庄が席に向かって進むと、ボリュームを絞るように通る席から声のトーンが落ちていく。後方の宴会組は逆に賑やかさを増していく。

昼食で立ち寄った長浜の旧市街にある料理店でも同様だった。同じ長テーブルを囲んだ社員は揃って大人しい。

「飲みものは選べますから。ビールでも、何なら日本酒でも」

本庄が作り笑顔でメニューを回しても、皆、真面目な顔で受け取るだけだ。

「すいませーん！　お姉さーん！」

隣のテーブルでは堤が店員を大声で呼び、社員たちがどっと沸く。

「ちょっと専務、まだみんな飲むものが決まってませんよー」

「こうした方が早く決まるだろ、はい早く決めて！」

堤が大げさに手を叩《たた》く。せっかちですぐ結論を出したがるのは仕事のときと一緒だ。同じことを思ったのか、社員たちが堤を見てくすす笑う。本庄の向かいに座った女性社員が、ちらりとそちらに視線を向けたのが見えた。

近江牛《おうみぎゅう》のすき焼き定食が運ばれてきてからも同じだ。本庄の周りだけが明らかに大人しい。

「おいしいね。仕方なく、頑張って話題を振る。

「あまり……」

すき焼きって、自分で作ったりする？」

「私も……」

「そうか。意外と手が掛かるもんね、すき焼きって？」

「そうですね、ええと……？」

「肉とか、野菜とか……？」

社員たちが互いに助けを求め合うように視線を交わす。そしてまた沈黙が訪れる。

――予定どおり俺がいなければ絶対盛り上がってるよ、社員旅行
心の中で妻にメッセージを送信したとき、ポケットのスマホが震えてメッセージの着信を告げた。

妻からの返信だ。

――行ってみたら意外とよかったって思うかもよ、頑張って
――とにかく笑顔、スマイルで乗り切って！

笑ってるよ、と片頬を指先で押さえた。ずっと作り笑いをしているので疲れてきた。早くも干からびつつある。

「あ、僕が」

お茶の急須が空になったのを幸いに席を立った。カウンターでお茶を入れてもらいながら、殻に引っ込んで一息ついていると堤がやってきた。

「社長、どうしたんですか？　もう顔が疲れてますよ？」

「いや、お腹《なか》いっぱいなだけ。次は自由行動だっけ？」

誤魔化しがてら尋ねると、「黒壁《くろかべ》スクエア観光ですよ」と堤が張り切ってスケジュール表を出す。

「長浜駅の近くにある観光スポットです。社長のリクエストどおり、希望者のために添乗員が引率して一回りするガイドツアーも設けました」

一人は嫌だ、方向音痴だ、下調べしていない、と言い出す社員が絶対いそうだからだ。

「九十分か……」

「ええ。来たからには名所は全部回っておかないとね」

堤は本庄がコースに異を唱えたと思ったらしい。

ギャラリー、歴史的建造物の見学、土産物店、カフェで名物を味わう、などスケジュールがぎっしり詰まっている。せわしない旅は苦手だ。九十分間の長さもあって余計に気が重くなる。

本庄の気持ちを見透かしたように、堤が切り出した。

「社長、何ならバスに残っててもらってもいいですよ？　急に来ることになって、処理しなきゃならないことなんかもあるでしょうし」

「……そう？」

ありがたくお言葉に甘えることにして、本庄は店の前で社員たちを見送った。

「はい！　ガイドツアー出発します！　はぐれないようについてきてください！」

堤が添乗員と社員たちを率いてさっさと歩き出す。ほろ酔いの社員が二人ほど取り残されていたので「出発ですよ」と声をかけると、あわてたように追いかけて行った。

加わらない社員たちは三々五々、観光客で賑わう通りに足を向ける。それを見届けてから、本庄はバスという殻に引っ込もうと歩き出した。

いっそこのまま、仕事を口実に自分だけホテルに前乗りするのはどうだろう。電車で最寄り駅まで移動して、ホテルまでタクシーに乗ればいい。

明日も観光はパスして、ホテルで社員たちを待つ。いや、いっそ早退するのはどうか。社員の五十パーセントが参加という、節税対象の条件を満たすには何時間、何時まで行動をともにすればいいのだろう。

調べようとポケットのスマホを出したとき、すっと誰かが本庄を追い抜いた。

ダウンジャケットにスニーカーを履いた若い男――商品開発部の外川《とがわ》が、本庄より先に観光バスにたどり着く。「待って」と声をかけたが足を止めない。

車内の運転手に向けてドアを叩こうと手を伸ばしたところで追いついて、背中をつついた。耳にワイヤレスイヤフォンをつけているから聞こえなかったらしい。

「外川くん、観光、行かないの？」

「……人混み、苦手なんで」

目を伏せたままで言い捨てた。これはいつものことだ。

外川の仕事は、本庄がパソコンでデザインを起こし、データ化した柄や編み方を、工場の編み機にインプットしてデザインどおりになるよう細かく機械を調整することだ。古株の職人も認める腕の良さで、履き心地や耐久性にとことんこだわる本庄が細かくダメ出しをしても、黙々と応えてくれる。

その才能に愛想は全部化けてしまったらしい。二年間一緒に仕事をしていても、本庄は外川と仕事以外の会話をしたことがない。本庄だけでなく、商品開発部の同僚とも同じだ。昼休みは駐車場に止めた自分の車の中で過ごしているらしい、と以前堤から聞いたことがある。

かろうじて口を利く社員と言ったら、今日、社員旅行をドタキャンした社員の安田くらいだ。だから独りぼっちなのだ、と気づいて心の警報が鳴った。

「外川くん、ちょっと付き合ってくれないかな？」

「は？」

「お願い、ちょっとだけ付き合って」

「はあ」

社長の頼みは無下にできないと思ったのか、外川は無表情のまま本庄についてきてくれた。

駐車場を出て、観光客で賑わう黒壁スクエアのメインストリートを歩いていくと、一角にベンチやテーブルが置かれた小さな広場があった。その奥にはカフェがある。暖かなカフェの店内で、ソフトクリームを二つ受け取った。チョコレート味のクリームが墨のように黒い。一つを外川に差し出した。

「黒壁ソフト。ここの名物で、前にうちの奥さんと来たときに食べたんだ。僕、甘い物が好きでね。おじさん一人じゃ買いづらいから」

「どうも」

外川が礼のつもりか頭を揺らし、二人でテーブルにつくと本庄に続いて食べ始めた。できるだけさりげない口調で話を続ける。

「ここを出たら、次はホテル。琵琶湖沿いの道を通って、四十五分くらいで着くから。そのあとは丸々自由時間だから」

「はあ」

「のんびりできるよ。温泉がさ、日本でベストいくつかに選ばれた名湯だから。大浴場から琵琶湖が見渡せるんだって」

一泊五万円のホテルだ。さすがに恩着せがましくなるので値段までは言えない。

外川が本庄を見た。眉がかすかに寄っている。アホかと思われているのかもしれないが、なりふり構っていられない。黙々とソフトクリームを攻略していく外川にホテルの素晴らしさを語る。

「敷地内には散歩道もあるよ。景色もね、前は湖、後ろは山の雪景色が楽しめるって」

「はあ……」

「館内は無料のＷｉ－Ｆｉがあるし、ラウンジでフリードリンクを飲みながらくつろげるんだ。部屋に持ち帰って、バルコニーで景色を見ながらゆっくり飲むのもいいね。椅子とテーブルが置いてあるから」

まるでホテルの広報だ、と自嘲しながらアピールを続けた。仕方ない。外川が安田を真似《まね》て社員旅行から途中で逃げだそうものなら、参加者が五十パーセントを切ってしまう。

必死な本庄の汗のように、溶けた黒壁ソフトが黒い滴となって手の甲に垂れた。


ガイドツアー組も自由行動組もつつがなく黒壁スクエア観光を終え、琵琶湖沿いの道をドライブして無事にホテルに到着した。降り立った女性社員が歓声を、男性社員が嘆声を上げる。

「うそ、すごい豪華！」

「いいんすか、こんないいところ⁉」

琵琶湖に面した高台一面を占めた広い敷地の中央に、横長に広がったホテルが建っている。堤が社員たちに告げる。

「日ごろの疲れを取ってほしいから、静かなところを、って社長が」

それだけではない。

このホテルの最寄り駅までの足は車しかない。タクシーは金が掛かる。繁華街に繰り出して羽目を外される心配もないし、事故も起きにくいだろう。

もちろん逃げることもできないぞ、と外川を見ると、ぼんやりと建物を見ている。

「本庄レッグウェアの皆さま、ようこそおいでくださいました」

ホテルに入ると支配人以下が勢揃いして一同を迎えた。全二十室のホテルは、オフシーズンとあって貸し切り状態だ。

「ラウンジにはコーヒーや紅茶、ソフトドリンクやビールをご用意しております。フリーで楽しんでいただくことができます」

「皆さん、くれぐれも飲みすぎには注意してくださいね」

歓声を上げた宴会組に挨拶して送り出すと、堤がルームキーを渡してくれた。

「部屋、一番静かなところを用意しました」

ドタキャンが三人出たので、バスの座席と同じく一人で一部屋使わせてもらえる。館内マップで見ると二階の端だ。エレベーターも階段も中央にあるから確かに静かだろう。

「すみません、買い物をするんで」

スタッフに荷物を預けて売店に向かった。土産物のコーナーを見ていると、同じように荷物を預けた堤がやってきた。

「土産ですか？　取引先にならば僕が」

「それ以外。パートさんやアルバイトさんにもね。あと、業者さんにも」

素材の納入や機械のメンテナンスで世話になっている業者だ。質にこだわり過ぎて苦笑いされることも多いから、機嫌を取るいい機会だ。

「これ、酒好きには良さそうだな」

近江牛の佃煮《つくだに》を見て、一番信頼している素材の納入業者の顔が頭に浮かんだ。パッケージをカゴに入れようとすると、堤が「いやあ」と唸《うな》り、半額以下の菓子を差し出した。

「このくらいでいいでしょう。ウチは発注する側ですよ？」

「でも、いろいろ無茶を聞いてくれるし」

「営業の現場では、コスト的にそろそろフェイドアウトっていう案も出てますよ？　大量納品のところと比べて明らかに割高ですし。ヒット商品を出して注目されてる今なら、新規のところにも強く出られ――」

「創業から頼りにしてるから」

カゴに入れると堤が苦笑して「はい」とカゴを受け取った。これもいつものことだ。

「取引先の分とまとめて会計します。発送手続きもしておきますから、社長は休んでください。部屋の風呂も温泉が出ますから」

「パートさんたちには、日持ちしそうなお菓子を何か」

「はい」

堤にリストを渡し、「琵琶湖！　VIVA湖！」と大書きされたTシャツと下着だけを買い――着替えを持っていないからだ――ラウンジで持参のステンレスボトルにコーヒーを入れてもらって部屋に向かった。

与えられたツインの部屋はエレベーターから少し歩くが、静かでほっとする。デスクでコーヒーを飲みながらノートパソコンで事務仕事をこなし、大浴場には行かずに部屋で一風呂浴びた。大浴場は部屋から遠いし、どうせまたバスの車内や料理店と同じように社員に気を遣わせてしまう。それに気力を蓄えておきたかった。

この社員旅行で一番気が重いスケジュールが待っている。全員参加の宴会だ。

十八時、本庄はTシャツの上に浴衣を着込み、ホテルのバンケットホールに集合する社員たちを迎えた。

浴衣は着なくてもいいと言ったので、女性たちは全員洋服姿だ。それなりに気を遣ってくれたのか、昼間より少し華やいだ雰囲気を漂わせている。対して男性社員は全員浴衣、そのうちの数名が早くも頬を赤らめ、浴衣の襟元が崩れている。

「ラウンジのビールマシンのタンクが空になったそうですよ」

堤が苦笑いで本庄にささやいた。フリーではなく一杯千円くらいにしてもらえばよかったと後悔しながら、総務の女性社員にビールを注《つ》いでもらい、挨拶のために一同の前に立った。

「えー、皆さま、いつも本当にお疲れさまです。挨拶は簡単にして、これからも本庄レッグウェアの発展を祈念して、乾杯！」

「乾杯！」

グラスを置いた社員たちが、壁際の料理の載ったテーブルに一斉に向かう。空《す》くまで待とうとビールを飲みながら、本庄はホテルがセッティングしてくれた会場を、これでよかったかともう一度見渡した。

近江牛や赤こんにゃく、甘酒やチーズを使ったデザートを始め、地元の名産品を中心に和洋のメニューを揃えてもらった。ブッフェスタイルにしたのは、好き嫌いや量で文句を言われないためだ。

中央に丸テーブルがいくつか置かれ、ガラス張りの窓際にバランス良く距離を空けて椅子が置かれている。立食パーティー形式にしてもらったのは、座敷での宴会のようにくだけすぎるのを避けたかったからだ。

それだけ気を配っても、どうにもならないことはある。グラスを手に、テーブルの一つに向かった。

「お疲れさまです。どうですか、社員旅行は？」

本庄が声をかけると、酔いで赤らんだ顔でまくし立てていた六十代の男性社員が、話を止《や》めて本庄の方を向く。捕まっていた若い男性社員がほっとしたように小さく息をつくのが見えた。

「おかげさまでこんな贅沢なホテルに泊まれて。温泉も最高でした。いやね、今の時代は本当に、社員同士のコミュニケーションが無きに等しいでしょう。でもね、私も四十年くらい働いてきて分かった何かをね、僭越《せんえつ》ながら次の世代に伝えたいんですよ」

「ええ、分かります」

相づちを打ちながら、ここは任せろ、と社員に視線で合図した。社員が放たれた小鳥のように羽ばたいていく。

座敷だとこうはいかない。水平移動はさりげなくできても、立ち上がるという垂直移動はなかなかできないものだ。勤め人時代の本庄も、毎回社員旅行の宴会で上司に捕まっては説教という座敷牢《ざしきろう》に入れられた。

若手の女性社員は、と見ると皆でがっちり固まっている。料理を取りにいくときもだ。

説教好きなおじさんを寄せ付けないためだろう。トイレに向かった長老社員から離れ、他にも座敷牢はないかと見回した。

「パッと見じゃ分からないよ」

堤の声が聞こえて向き直った。

外川が堤の前で、憮然《ぶぜん》とした表情で黙り込んでいる。さらに畳みかけようとしていた堤が、本庄に気づいて口をつぐんだ。

「どうしたの？」

「いえ。外川くんとね、赤こんにゃくはどうやってできるんだろう、って話してて。ね？」

外川は黙って頭を本庄に向けて揺らし、料理のテーブルへと去っていく。堤は「飲んでるか？」と別の若手社員の方に向かった。何かあったのだろうか、と見送っていると、他方から「聞いてるー？」と声が上がった。

振り返ると窓際から持ってきたのか、椅子を二脚、三脚と並べた即席の座敷ができている。先輩社員に捕まった若手社員が「聞いてます」と弁解するのが見えた。頬だけが引きつったように時々上下するのは愛想笑いらしい。次の救出に向かった。

「どうも。ここ、いい？」

「あ、どうぞ」

社長だから中央に座らせてもらえ、若手社員の身代わりになれた。水割りのタンブラーの氷をくるくる回して気を紛らせながら、次はどこを助けに行こうかと、ちらちらと会場に視線を向ける。

——宴会は鍋と同じ。

勤め人時代の社員旅行で聞いたことを思い出した。早く温めるには、火に掛けたら混ぜることだと。

本庄の奮闘の甲斐《かい》あってか、女性社員たちを始め三つほどできていた固まりが、次第にほぐれ、交ざってきた。会場が少しずつ温まりつつある。

自分はともかく、社員たちには悪くない旅行になってきたかもしれない。思わず本庄が口元をほころばせたとき、大音量で音楽が流れた。

バンケットホールの一角に体を向けると、いつの間にか大きなスピーカーが据えられマイクまで乗っかっていた。堤がスマホとスピーカーをAVケーブルで繋《つな》いでいる。

「はい！　皆さん、カラオケできますよー！」

Wi-Fi経由でカラオケサイトと繋いだようだ。おお、と何人かが声を上げた。早くも駆け寄る社員もいる。本庄は思わず「ちょっと待って」と堤の元へ行った。

「カラオケは無しってことにしたでしょう？」

「大丈夫です。ホテルには許可を貰ったし」

「いや、カラオケはさ、苦手な人もいるし、せっかく話ができる機会なんだから」

「でもしーんとしちゃってるじゃないですか。旅の思い出にはやっぱり盛り上がらないと。なあ？」

手を止めた社員に堤が同意を求める。本庄は声をひそめ「でも」と止めた。

「宴会は二時間だけなんだし、カラオケはそのあとにして。どうせこのバンケットホールも長めに借りてるんだし」

「いや、もう、みんな火がついてきちゃいましたから、ねっ、とりあえず。盛り上げて、それからまた、ね？」

堤が本庄の口を封じるように一同に呼びかける。

「皆さーん、社長の歌、聞きたくないですかー!?」

社員たちが戸惑ったように顔を見合わせる。ついで、ぱらぱらと拍手が起きる。

「聞きたいですよねー!?」

堤がさらに煽《あお》る。拍手と歓声が大きくなってぞっとした。

酔いを覚ましてくる、と言い訳して、這々《ほうほう》の体《てい》で逃げ出した。バンケットホールのスイングドアを押してホールに出る。

「なんだかな……」

独り言が口をついて出た。

まるで新商品を売り出すときのようだ。商品の良さをアピールし、じわじわと売っていくという案を、堤はいつももどかしいと嫌がる。予算を掛けて派手な宣伝をどんと打ち、盛り上げた勢いで売りたいと言う。旅先でくらい仕事のノリは忘れてくれ、とため息が出た。

こんなにいら立つのは、心が干からびてきたからかもしれない。座って一休みしようとホールの一角にあるソファーに視線を向け、そして目を凝らした。

浴衣を着た誰かがへたりこんでいる。

近づくと、製造管理を担当している畠山《はたけやま》だ。浴衣の前ははだけ、顔は赤い。酒の匂いがする。「畠山くん?」と呼びかけても反応がない。

「待ってて。同じ部屋の人を呼ぶから」

見たところ、鍵もスマホも持っていない。同室は誰か確認しようと、スマホに入れた部屋割り表のPDFを出そうとしたとき、酔っ払いがうめいた。

「セレナちゃん」

畠山がかっと目を見開き、天井のシャンデリアを見上げている。キャバクラとでも間違えているのだろうか。

「畠山くん、ここはホテルだよ。大丈夫？　水でも飲──」

「セレナちゃん」

畠山が「でんわ」ともつれる舌でつぶやき、本庄のスマホに手を伸ばした。誰だよセレナって、と舌打ちしそうになったとき、聞き覚えのある名前だと思い出した。スマホの部屋割り表で確認する。

「もしかして、企画営業の星崎瀬玲奈《ほしざきせれな》さんのこと？」

「うん」

「畠山くん、もしかして、星崎さんと付き合ってるの？」

「うん」

「そのこと、会社のみんなは知ってるの？」

「ううん。秘密にしてるから」

「誰にも？」

「誰にも」

畠山の隣に腰を下ろした。

この状態で畠山と同室の社員を呼んできたら、今、本庄が聞いたように二人の社内恋愛がバレてしまうだろう。

星崎は畠山と同じ二十代後半と若いが、営業成績は堤に続くナンバーツーだ。都会的でスレンダーな美女で、とくにスポーツ系の取引先に絶大な人気を誇っている。その星崎が、社内恋愛がバレて居づらくなりました、と退社してしまったら大打撃だ。

そうかと言って、星崎一人を宴会の場から呼び出すわけにもいかない。畠山との、いや、悪くすると本庄との仲を勘ぐられてしまうかもしれない。

「セレナちゃん」

隣で水死体のように伸びていた畠山が体をくねらせる。

ホテルのスタッフに相談して何とか畠山を部屋に戻そう。腰を浮かせかけ、そしてまた下ろした。畠山がいるのは三人部屋だと思い出したのだ。

本庄は仕方なく畠山を抱えてエレベーターに乗せた。二階で降ろし、背負うようにして廊下を延々と歩き、一番端にある自分の部屋に連れていった。

なんで俺がこんなことを、とげんなりしながらツインベッドの片方に畠山を寝かせた。ミネラルウォーターを冷蔵庫から出してグラスに注いでいると、畠山がむくりと起き上がった。

「セレナちゃんと話さないと」

「少し寝てからにした方が――」

「セレナちゃん！」

畠山が本庄の制止も聞かず、ベッドから下りようとする。

仕方なく、ホテルのコンシェルジュに電話して宴会会場にいる星崎をこっそり呼び出してもらった。携帯番号が分からなかったからだ。五分ほどで血相を変えた星崎が本庄の部屋に駆けつけた。

「すみません、申し訳ありません！」

入るなり星崎は本庄に深々と頭を下げた。「セレナちゃん」と畠山が起き上がり、ベッドから下りようとして転落した。顔を赤らめた星崎が、本庄の視線を避けて畠山を助け起こす。噴き出しそうになったが堪《こら》えた。

「僕は宴会に戻るから、畠山くんのこと頼むね」

「あの、このことは……」

「分かってる。誰にも言わないから」

「すみません。ご迷惑をお掛けして、本当に申し訳ありません」

クライアント殺しと呼ばれる美貌が涙目になっている。そこまで怯《おび》えなくてもいいのに、と思いながら付け加えた。

「大丈夫だから。無礼講ってことで。あとで何か言ったりしないよ、約束する」

星崎がいっそう顔を赤らめて頭を下げ、畠山に向き直ってぼそぼそと何か告げる。

ちゃんと仲直りして末永く我が社にいてね、と心の中で付け加え、出入口に向かった。ドアを開けようとしたとき「なんで！」と後ろで畠山が声を上げたので手を止めた。

そっと振り返ると、ベッドに這《は》い上がった畠山が、傍らに立つ星崎の両腕を捉えて向き合ったところだ。星崎が「しっ」と畠山を制したが止まらない。

「畠山くん、ほら、ここ、社長のお部屋だから迷惑だって。早く出ないと」

「社長！　おかしいですよね!?　近江牛って」

「近江牛？」

「社長、宴会に戻っていただいて大丈夫ですから！」

「近江牛！」

畠山がベッドで叫び、星崎は部屋から押し出すように本庄に歩み寄る。我慢できず、本庄は深刻そうな表情を作って星崎に向き直った。

「もしかして、昼食のときに何かあった？　近江牛のすき焼き定食だったけど」

「いえ、そうじゃないです」

「何か、問題があったら知りたいな。会社のみんなで来た、初めての社員旅行でしょう？　企画した側としては、気になっちゃうから。製品と同じでね。旅も丁寧に、みんなに満足してもらえるものが作りたいんだ」

嘘《うそ》だ。単純に痴話ゲンカと近江牛の関係が知りたいだけだ。

ためらう星崎の代わりに、後ろで畠山が喋《しゃべ》り出した。

「俺見ちゃったもん。下の売店でね、堤専務がね、セレナちゃんに近江牛を買ってあげて」

「あの、スライスして真空パックになってるやつ？」

売店で土産を物色しているときに見た。焼肉用とすき焼き用があって、クール宅急便で自宅に送れるものだ。妻への土産にしようかと値段を見たら、一番小さいパックでも税込み四千九百円だった。

本庄の脳内を読んだように星崎が両手を振る。

「私、断りました。でも、専務がいいよいいよってお金払っちゃって。個人でクライアントさんや自分のも買うからついでだって、だから仕方なく宅配伝票を書い――」

「他の人には内緒だよ、って言ってたじゃん。俺、棚の向こうで聞いたから！　前から怪しいと思ってたけど、セレナちゃん、専務と浮気しようとしてない⁉」

それで宴会の前にスマホのメッセージで言い争いになったという。畠山は宴会で飲みまくって今に至るというわけだ。

「そんなわけないって。私だって困ったの。でも専務に、いつも頑張ってくれてるから、って言われて――」

「いくら頑張っててもさあ、一人だけ近江牛買ってあげるって怪しくない⁉　売店、他にも人がいたじゃん！」

「畠山くん分かってない、上司なんだよ、どう言って断ればいいわけ⁉」

「堤専務独身だしさあ！　だいたいなんでセレナちゃんが肉大好きって知ってんだよ」

　畠山は基本、工場で仕事をしている。同じ部署にいる堤と星崎が距離を縮めたのではないかと不安なのだろう。星崎が本庄に訴える。

「社長、私、専務と普通に接してますよね!?」

「そうだけど――」

　クライアント殺しの美人・星崎に惚《ほ》れて、堤がアプローチするというのはありえなくはない。本庄が黙り込むと畠山が「ほらあ！」と吠《ほ》え、星崎が「社長！」と泣きつく。

「社長、私、近江牛返しますから専務に言ってもらえませんか。売店、他にも人がいたし。同じように誤解をしている人がいたら困るし」

「外川くんも見てたし！」

　ふいにさっきバンケットホールで見た光景を思い出した。

「星崎さん、もしかして、売店に商品開発部の外川くんがいたの？」

「外川くん？　ああ、いました。挨拶したから覚えてます」

　宴会で耳にした堤の言葉を思い出した。

　――パッと見じゃ分からないよ。

　外川に掛けたあの言葉は何だったのだろう。

深夜〇時を目前に、ホテル内は静まり返っている。廊下には誰もいない。暖房が効いているのにもかかわらず、浴衣にどてらの体が心なしか寒い。

建物中央にある階段で一階に下りた。ホールからラウンジを見ると、さすがにもう社員はいない。本庄の部屋がある側とちょうど反対側の端にある大浴場まで歩く。勤め人時代の社員旅行のときと同じことをしている、と可笑《おか》しくなった。

毎年、社員旅行で似たような温泉ホテルに泊まっていたが、いつも皆が寝静まったころにそっと部屋を出て大浴場に行った。夜中になれば一人でゆっくり温泉に浸《つ》かれるからだ。宴会の座敷牢と同じ、生け簀《いす》と化した湯船の中で上司に説教されたり、同僚とどうでもいい話をするのが面倒だったのだ。

男湯ののれんをくぐり、脱衣所に入った。ロッカーを見渡すと、使用中で鍵が抜かれたロッカーが目に入った。きっと外川だ。

さっき部屋割り表で確認したら、外川の部屋も三人部屋だった。部屋に風呂があるとはいえ、やはり広々とした大浴場で温泉に浸かりたいだろう。本庄が前もってアピールしておいたからなおさらだ。そうすればきっと、昔の本庄と同じように今の時間帯に来るに違いない。

堤との諍《いさか》いめいた光景は何だったのか。星崎にアプローチしていることへの反感なのか。それを外川に直接確かめたいと、思い切って出向いてきた。すげなくされるかもしれないが、そこは社長の権限で何とかできるだろう。

ガラスの引き戸を引いて浴場に入り、見渡した。内風呂には誰もいないが、露天風呂がある。夕方、部屋で風呂に入ったが、湯を浴びてざっと体を洗った。そして、浴場の一角にあるガラス扉を開けて、凍りつくように寒い外に出た。一瞬、裸の体が冷えていくことも忘れて立ち尽くした。

ちょうど内風呂に戻ろうとしたらしい堤が真正面に立ち、驚いたように本庄を見た。

「ジョーさん、大丈夫ですか？」

「え？」

「具合。もう寝たかと」

畠山と星崎のことがあって、宴会に戻ったのは最後の挨拶に呼ばれてからだった。思いがけず酔いが回って部屋で休んでいた、と誤魔化したのを真に受けているのだろう。

「ああ、もう大丈夫」

小さな水音がしたので堤の背後を見た。階段を下りたところにある、石造りの露天風呂に外川がいた。本庄を見上げて首をすくめる。

本庄の視線を追った堤が苦笑いしながら小声で言った。

「せっかくの機会だからコミュニケーションをはかろうとしたんですけど、けんもほろろですよ」

ごゆっくり、と堤が内風呂に戻っていく。冷え切った体が震え、とりあえず階段を下りて露天風呂に入った。

外川が膝立ちになった。上がるのかと身構えたが、浴槽内側の段に腰掛けただけだ。上半身を冷気にさらして涼みたいのだろう。ぼんやりとした灯《あか》りの下でも、顔が赤らんでいるのが分かる。

どう話しかけようかと考えていると、「あの」と小さい声が聞こえた。

外川が露天風呂から立ち上る湯気に顔を向けたまま、ぼそぼそと続ける。

「黒いの、ありがとうございました」

「黒いの？　ああ、黒壁ソフトね」

はい、と答えて外川が肩まで湯に浸かる。寒くなったらしい。話の糸口にしようと尋ねた。

「外川くんはお土産、何か買った？」

「いえ」

ガラスの向こうからかすかに物音がする。振り返ると、内風呂の洗い場で堤が髪を洗っているのがぼんやりと見える。

「外川くんさ、もしかして、専務と何かあった？」

「──何か、って？」

「いや、分からないけど。何となく？　気まずい何かがあるんじゃないかな、って」

外川が黙って湯に浸かった。

「何か、引っかかってることとかあったら言って？　社員旅行は無礼講だし」

内風呂から引き戸を開ける音が聞こえた。堤が脱衣所に出ていったのだ。

外川が思い切ったように口を開いた。

「俺も、分からないけど、何となく……。専務、ちょっと変だな、って」

「変？」

「出発してから専務が、この先の人生設計は、とか、今の会社をどう思うか、とか、満足してるか、とか、なんかずっと聞かれて。バスの中でもやたら質問してきて。取り調べかよ、って。今だって誰もいないと思ったのに、風呂に来たらいるし」

「宴会のときは？」

「宴会？」

「ほら、専務が外川くんに、パッと見じゃ分からないとか言ってたでしょう」

「あれは……」

心を決めたように外川が切り出した。

「あれは、俺が聞いたから。社長は、俺のことを嫌ってるはずじゃないのか、って」

「は？」

突然何を言い出すのだと外川を見ると、ミリ単位で編み目を調整するときと同じ目つきで本庄を見ている。

「でも、社長は黒いのをおごってくれたし、なんか、ぼっちの俺にめっちゃ気ぃ遣ってくれるし。ホテルがー、とか温泉がー、とかうきうきしてるし、普通、嫌いな奴《やつ》の前で浮かれたりしないよな、って思って――」

「待って、待って。僕がなんで外川くんのことを嫌うの？」

戸惑うあまりほころんでしまった顔が、次の瞬間、自分の思いつきに引きつった。

「ね、もしかして、専務が言ったの？　僕が、外川くんのことをよく思ってない、って」

「はい。で、宴会のときに、なんかそう思えないって遠回しに専務に言ったら、パッと見じゃ分からない、って」

「専務が……」

外川が心配そうに本庄を見た。

込み上げた苦い思いを何とか飲み込んだ。大丈夫、と笑ってうなずいて見せた。

たぶんずっと、目の前にあったことなのだ。目の端では見えていたのに、正面から向き合おうとはしなかった。社長という一国一城の主になってからの五年間。

豊臣秀吉の名言が頭に浮かんだ。

――いつも前に出ることがよい。

そして戦のときでも先駆けるのだ。


「よかったですね、今朝も晴れて」

本庄が話しかけると、クルーザーのテーブルにペットボトルを並べていた添乗員が「ええ」と少し怪訝《けげん》そうに微笑んだ。初めて挨拶以外の言葉を本庄からかけられたからだろう。

社員旅行二日目は自由参加の琵琶湖クルーズから始まる。ホテルから徒歩数分の船着き場に着けたクルーザーの船室で、作り付けのベンチに座っているのは、まだ本庄一人だけだ。

「あ、いらっしゃいました」

添乗員が船室からデッキに向かい、本庄も窓外を見た。

ホテルから船着き場に続く坂道を、十人ほどの社員が下りてくるのが見えた。外川、畠山と星崎カップルはいない。率いているのは堤だ。

立ち上がると足元がかすかに揺れている。デッキに出ると強い風も吹き付ける。ぐっと床を踏みしめて抗《あらが》った。息を吸い、数メートル先の社員たちに呼びかけた。

「おはようございます！」

社員たちの足が止まった。

訝《いぶか》しむような視線を向けられて顔が紅潮する。笑顔を崩すまいと声を張った。

「寒いでしょう。早く乗って」

促すと社員たちがあわてて歩き出す。桟橋に下り、クルーザーに乗り込む一人一人を迎えた。最後に乗り込む堤には、とびきりの笑顔で「お疲れさま」と告げた。堤がまた足を止める。

「ジョーさん、どうしちゃったんですか？」

「せっかくだから参加したくて。足元、気をつけてね」

堤を押し込むようにクルーザーに乗り、船室に入る。本庄が入ると、社員たちがぴたりと話を止める。気づかない振りで用意しておいた飲みものを勧め、「眠れた？」「大浴場には行った？」と話しかける。

——宴会で聞こえたけど、社長は意外と優しいって言ってる社員、他にもいましたよ。

昨日、露天風呂で外川が言っていた。

外川のように、堤から「社長に嫌われている」と匂わされて萎縮している社員は他にもいるだろう。噂《うわさ》で聞いて本庄を恐れるようになった社員も。

殻にこもっている間に、堤にフタをされかけていた。エスカルゴのように焼き殺されて食べられていたかもしれない。それをこれから確かめるのだ。

琵琶湖の北部へ三十分ほどクルーズして、目指す竹生島《ちくぶしま》に到着した。国宝や重要文化財に指定された建築物が詰まった小さな島で、夜間は無人島になる。

添乗員に先導されて祈りの階段と呼ばれる急な石段を上り、宝厳寺《ほうごんじ》で参拝を済ませたあと、堤だけにそっと告げた。

「この先、まだ結構あるよね？　僕、ちょっと電話しないといけないところがあるから、みんなで行ってきて」

堤たちを送り出し、歩くスピードを考えて五分ほどその場に留《とど》まってから、そっとあとを追った。

気が急《せ》いているのか早足になっていたらしい。前方から堤の声が聞こえ、追いついてはいけないとあわてて足を止めた。

「ほら、みんな早く！」

いつものように皆を急かしているのだろう。一つでも多く、一歩でも遠くへ、と。

旅のスタイルは価値観の縮図ではないだろうか。訪れる箇所は少なくてもみんなの心が充分に満たされる旅を望む本庄と、多少上滑りになっても一つでも多くの観光地を踏破する旅を望む堤は真逆だ。それを今まで、堤が本庄に合わせて譲ってくれていると思おうとしてきたのだ。自分が楽をしたいばかりに。

崖上に建った木造の社が見えてきた。竜神拝所《りゅうじんはいじょ》だ。格子戸越しに、そっと中を見渡した。

柱だけで壁がなく、外廊下のついた拝所で、観光客に交じって社員たちが琵琶湖を見ている。堤は中央にある小さな社務所にいる。金を払い、小さな固まりを受け取った堤は、拝所の一角にある記入台に向かう。

——厄除《やくよけ》かわらけ投げ
昨夜、自室に戻ってからガイドブックで確かめた。二枚の小さな丸い土器《かわらけ》を買い、片方に名前、もう片方に願いごとを書くのだ。

本庄は静かに中に入り、堤と同じように土器を買ってから、板張りの床の上を記入台へと進んだ。

「社長？」

離れたところから社員が呼びかけた声に、堤がびくっと顔を上げた。

「堤くんは何書いたの？」

明るく呼びかけて、堤がとっさに隠そうとした手を押さえた。手元にある小皿のような土器に書かれた文字を読み上げる。

「勝機到来、不羈《ふき》独立」

「ジョーさん、下にいるんじゃなかったんですか？」

手元から顔へと視線を上げると、堤がいつもより少し低い声で問いかける。昨日、当日欠勤で参加者が五十パーセントを割りそうになったとき、珍しく声を荒らげた堤を思い出した。

――遅刻でもいいから来させます！

郊外にあり、社員の大半が車通勤の本庄レッグウェアでは、飲み会はめったになく個別に飲みにいくのも難しい。社員同士、とくに年上の社員が年下の社員と距離を縮めたり探りを入れたりするには、社員旅行は絶好の機会だ。本庄には来てほしくなかっただろう。

だから観光には来なくていいと勧め、ホテルでは端の部屋をあてがった。宴会で本庄が社員たちに次々と声をかけていくのを見て、カラオケを用意して妨害した。

そして堤は外川をバスや露天風呂でロックオン。自分に次ぐ営業のナンバーツーの星崎に値の張る土産を買い与えてアプローチ。クルーズに連れてきたメンバーの中にも、アプローチを受けたものがいるかもしれない。

そして複数のクライアントに、個人的に高い土産を送っている。おそらく「不羈独立」、めぼしい人材を引き抜いて独立を目論《もくろ》んでいるのだ。

「堤くん、うちの会社から、独立するの？　僕、困るよ」

作り笑顔の軽い調子で告げると、堤も戸惑ったような表情をいつもの快活な笑みに変えた。さすがは百戦錬磨の営業マンだ。

「いえ、気持ち的な意味で書いただけです。自立心を持って物事に立ち向かおうって」

「いいねえ。僕もやるよ、かわらけ投げ」

ペンを取り、土器の片方に名前を書いた。ついで、もう片方に願いごとを書き入れた。

斜め後ろで堤が読み上げる。

「社内安全、事業安泰」

「思い出したよ。長浜って古戦場があったよね。決戦の地。羽柴秀吉《はしばひでよし》は柴田勝家《しばたかついえ》との戦いに勝って――」

「天下人への一歩を踏み出したんです」

堤が旅の候補地の中から長浜を選んだ理由が分かった。

湖に面した手すりへと進んだ。数メートル下に鳥居が建てられている。

青く輝く湖が、白い鳥居をくっきりと浮き立たせてくれる。この竜神拝所から投げたかわらけが鳥居をくぐれば、願いが叶うという。白い砂利に見えるのは投げられた無数の土器だ。

「お手並み拝見」

堤が横に並び、「お先にどうぞ」と笑顔で促す。

「では遠慮なく」

自然に笑みを返した。

かわらけが鳥居をくぐろうが外れようが関係ない。我が城を守り領地を広げてみせる。

力《りき》むことなく投げたかわらけは、きれいにまっすぐ飛んでいった。

幸せへのフライトマップ

乗っているタクシーが新宿の大ガード下を抜けてから、右隣に座る母は窓に貼りつい
て嘆声を放ち続けている。淀川光里《よどがわひかり》は釣られて母の後頭部から右側の窓外に視線を向け
た。

「まあ……。まあ……」

ゴールデンウィークを前に、すっかり陽《ひ》が長くなった。午後五時近くなってもまだ、
ほんのり陽が陰り始めたところだ。人々の服装が軽やかになったせいか、街が一段明る
くなったように見える。予約時間に間に合うだろうかとスマホの時計を見たとき、「あ
あ」と母が声を上げた。

「この先は伊勢丹《いせたん》よ。ひぃちゃん、伊勢丹に灯《あか》りがつくところが見られるわよ。ちょう
ど五時になるから」

「違うよ。伊勢丹は一本向こうの道」

出端《でばな》をくじかれた母がむっと口をつぐんだ。しまった、とあわててフォローを入れる。

「帰りはそっちを通ろう。そうしたら見られるよ。三年ぶりだっけ」

「新宿もすっかり変わっちゃったわねえ」

光里の提案を母はスルーする。

「ひぃちゃん覚えてる？　昔、お母さんが新宿で買い物をするときに一緒に連れていくと、ひぃちゃんはすぐに帰りたがって。幼稚園児くらいのときよ。『ママー、お腹《なか》痛い』って」

ご丁寧に物真似《ものまね》付きで母が再現する。またか、と閉口しつつ、「ああ……」とだけ返事した。七十歳を過ぎたというのに、四十年近く前のことをよく覚えているものだ。

「少し休もう、ってお母さんが言っても、『イヤぁ、帰るー』って」

「はあ……」

心配した、泣かされた、苦労した。母は光里に腹を立てると、すぐにその手のエピソードを持ち出してやり込める。そして気が済むと、けろりと話題を変える。

「ねえ、ひぃちゃん、どんなレストランなの？」

「レストランじゃないよ。ハワイ」

「それは聞いたわよ。ハワイ料理って」

「違う。ハワイに行くって言ったでしょ？　これから、飛行機に乗って」

「意地悪しないで、いい加減に教えてくれてもいいじゃない」

小柄で華奢《きやしや》な母が身をすくめるようにして光里を見上げる。「本当だってば」と答えてから、運転席に向けて身を乗り出した。

「行き先、新宿国際空港をお願いしましたよね？」

「はい、新宿五丁目の新宿国際空港に向かっております」

運転手さんの頰がゆるんだのがミラーで見て取れた。タクシーに乗ってから、ずっと後部座席で母とこんなやり取りを繰り返しているからだろう。

「お母さん、大丈夫だから。楽しみにしてて」

声をかけたが母はむっと押し黙ったまま。蚊帳の外に置かれたようで気に食わないのだ。

しかし、光里は母をからかったわけではない。母のために綿密に計画を立て、都下で一人暮らすマンションから、マイカーで一時間かけて実家に母を迎えに行った。そして途中でタクシーに乗り換え、新宿へとやってきたのだ。

タクシーが靖国《やすくに》通りから明治通りへと左折し、横道に進んで間もなく止まった。運転手が「こちらです」とメーターを倒す。

手を貸して母をタクシーから降ろした。病気をして出歩かなくなってから、もともと華奢な体が一層細くなり、歩くのを億劫《おっくう》がるようになった。だから今日は極力歩かないよう、マイカーとタクシーの連係プレイを考えた。都心を運転するのはやや自信がないし、駐車場を探すのに手間取って母に負担を掛けたくないからだ。

光里に腕を支えられてゆっくりと歩きながら、母が不安げに辺りを見回す。

「なあに、どこが空港なの？」

「この、中……」

スマホの画面とビルの名前を照らし合わせながら、光里も母と同じように辺りを見回した。

八階建ての、ごく普通の雑居ビルだ。正面入口の上にビル名が掲げられ、両脇に語学学校やレストラン、エステティックサロンのプレートが並んでいる。

エントランスの奥にガラスのドアがあり、その先にエレベーター。光里が住むマンションのものと同じ六人乗りだ。その横に郵便受けがあり、洒落《しゃれ》た字体のプレートが目に飛び込んだ。

――ドリーム・エアライン
「ちゃんとしたお店なんだろうね？」

母が顔をしかめて光里を見上げる。「大丈夫」と答えながらも不安は増す一方だ。場所は間違いないが、この規模のビルで本当に光里が望んでいるような旅ができるのだろうか。

しかし、エレベーターを八階で降りると行列ができていた。先頭は開け放されたガラスドアの中へと続いている。ガラスには郵便受けのプレートと同じ字体が並んでいる。

――新宿国際空港

若いカップルから光里たちと同じような親子、地方からわざわざ訪れたらしいスーツケースを持った二人連れもいる。インターネットで予約を入れたときも、満席の「フライト」が多かったことを思い出した。この分なら大丈夫そうだとほっとしたとき、電子音が鳴った。

母が光里の腕を離し、スプリングコートのポケットからスマホを出す。「時間だから」と声をかける光里にかまわず、行列から遠ざかる。

「姉ちゃん？　ごめんねえ、今、ひぃちゃんがお食事に連れてきてくれてるの。新宿。うふふ、そうなの」

電話をかけてきたのは母の姉――伯母だと分かった。時計を見ようとして、買ったばかりのコットンジャケットの袖を見てうんざりした。くしゃくしゃにシワが寄っている。母に腕を貸したときに握りしめられたからだ。袖ではなく腕を持って、と何度頼んでもこうなる。子どもがいる人の苦労が少しだけ分かったような気がした。

「そうお、ひぃちゃんもね、頑張ってるのよ。お仕事もね。毎日をエンジョイしてるの」

来週で四十四歳になるバツイチ独身の娘だけど不幸ではない。電話をかけてきた伯母に、母はそうアピールしている。小柄でおっとりしているように見えるが、母はかなりの負けず嫌いだ。おおかた、伯母の息子――光里と同い年の従兄弟《いとこ》の話を聞かされて張り合ったのだろう。従兄弟は幸せな家庭を築いている。

光里は自然食品店の店長として働いている。健康だし、好きな仕事で食うに困らないだけの収入があり、友だちがいて恋人も一応いる。幸せな方ではないかと思うが、母のマウンティングを聞いたときだけは、なぜか自分がとてつもなく不幸に感じる。

搭乗手続きのタイムリミットが迫っている。母を急《せ》かすとやっと通話を終えた。

「あら、人がいなくなってるわよ」

いつの間にか行列は消えている。再び母の腕を支え、ガラスドアを開けて中に入った。

白い壁には大きな世界地図が描かれ、ドリーム・エアラインの就航路が記されている。壁に設置されたモニターには、本物の空港のように出発案内が映し出されている。SNJ――新宿国際空港から世界各地に向けて発《た》つフライトの案内だ。

「ひぃちゃん、なんだか空港みたいなところねえ」

「空港なの」

通路を進むと、前方にはドリーム・エアラインのチェックインカウンターがある。

地上職員、という設定らしき制服姿の男性がカウンターの向こうで迎える。光里が名前を告げると、うやうやしく頭を下げた。

「本日はドリーム・エアラインにご搭乗いただき、ありがとうございます」

「まあ」

係員から受け取った名前入りのチケットと、パスポートを模したスタンプカードを渡すと、母が目を丸くした。そういう反応には慣れているのか、地上職員は穏やかな微笑《ほほえ》みを崩さない。

預け荷物はないか、と本物のチェックインカウンターのように聞かれ、母のスプリングコートを預けた。「行ってらっしゃいませ」と地上職員に送り出された光里と母を引き継いだのは、制服姿のキャビンアテンダントだ。「ご搭乗ありがとうございます」と導かれるまま、飛行機のように上部が丸くなった入口から中へと入った。

「まああ!」

母と一緒に光里も声を上げそうになった。

真っ白な壁に囲まれた細長い空間には、ファーストクラスのペアシートがずらりと並んでいる。

「こちらでございます」

通路となっている座席の横を通って中ほどの席に案内された。小柄な母は通路側の方が場内を見渡しやすいだろうと、光里は先に壁に接した奥の席に入り、母を隣に座らせた。

初めて座るファーストクラスのシートの広さに、光里は内心感激した。足元にはレッグレスト、肘掛けにはコールボタンや読書灯のスイッチなどがついている。本物のファーストクラスの座席が置いてあるとホームページに書いてあったのは本当だったようだ。

「ひぃちゃん、飛行機じゃないの、ここ」

母が言うとおり、窓のない飛行機に乗ったような感じだ。頭上にはモニターがあり、空港入口にあったものと同じ就航路やフライトマップが代わる代わる映し出されている。足元に置かれた小物入れからスリッパを出し、母に靴と履き替えさせた。先に案内しておこうと、荷物を置いてから手洗いに連れていった。

母はせわしなく辺りを見回し、そしてまた言う。

「変わったお店ねえ……」

「楽しみにしてて」

もう説明するよりも体験してもらうしかない。

このドリーム・エアラインで光里と母は、これから新宿国際空港を発つ。そしてハワイを旅するのだ。バーチャルトリップ、仮想体験で。

ここに母を連れてこようと思い立ったのは今年の正月だ。母と兄一家が暮らす二世帯住宅に顔を出したとき、母がテレビの旅行番組を見ながら言った。

――ハワイ、いいわねえ……。

――行こうよ、ハワイ。私が連れてくから。

――そうねえ……。

そう言っただけで母は光里の誘いを受け流した。

昔の母は年に一度か二度の海外旅行を何よりも楽しみにしていた。ヨーロッパ、カナダ、北欧、ロシア。ぎっしり観光を詰め込んだパッケージツアーに伯母や友人と参加しては、命の洗濯をしたと意気揚々と帰国し、何冊もアルバムを作って果てしなく旅の話を聞かせた。

しかし三年前、父の他界と母の病気が相次ぎ、そこで母の旅の記録は途絶えた。

光里は改めて母を説得しようとした。空港では車椅子、飛行機はビジネスクラス、現地では観光タクシーを使い、極力負担が少ないようにする、と。しかし母は頑として拒んだ。

――もうねえ、いいわ。

気力がなくなっているのだ。遥《はる》か昔に一度行ったことがあるとはいえ、体調が不安で楽しめないのだろう。がっかりして恋人に愚痴った。

――せっかく親孝行しようと思ったのになあ。

――それなら、旅心をそそるいい方法があるけど。

そして紹介されたのがこの、ドリーム・エアラインだ。

VR――バーチャルリアリティー――を利用して海外旅行を疑似体験するバーチャル航空施設で、インターネットで調べると利用客の評判もいい。これだ、とフライトの予約を入れた。

母を手洗いの外で待ちながら、通路の先を見た。飛行機の機内と同じようにカーテンで仕切られた向こうからいい匂いがする。出てきた母も鼻をひくつかせる。

「おいしそうな匂いがするねえ」

「料理もおいしいらしいよ。一流のシェフが作ってるんだって」

「え？　ひぃちゃん大丈夫なの？　ここ、高いお店なんじゃないの？」

「大丈夫。今日は私からのプレゼント」

席に戻り、母を座らせてシートベルトを締め、ＣＡに持ってきてもらった膝掛けを掛けた。一緒に持ってきてくれたパンフレットとお絞りを母に渡し、ドリンクメニューに目を通す。ビール、ワインからソフトドリンク、ナッツや生ハムなどのおつまみもある。

母は老眼鏡を掛けてパンフレットをめくり始めた。「ねえ」とこちらに向けられたので見ると、ハワイの観光スポットをまとめた旅行案内だ。

「ひぃちゃん、ここ行ったじゃないの」

「だね」

短く切り上げたのは、話の行方に用心してのことだ。

光里が母とハワイに行ったのは十五年前。光里の結婚式をホノルルで挙げたときだ。双方の身内だけを呼んで現地の教会で式を挙げた。ハワイまで来てもらったのに二年で離婚した。

そしてあっという間にこの年齢になってしまった。光里も、母も。

顔を向けると母の顔がふっと陰った。機内の照明が落とされたのだ。機内アナウンスを告げる音が響き、「アテンションプリーズ」と声が続く。

ドアが閉め切られ、最前部の角、モニターの傍らにCAが二人並んでいる。一人が飛行機にあるような受話器型のマイクを両手で持ってアナウンスする。

「お待たせいたしました。本日はドリーム・エアラインへのご搭乗ありがとうございます。間もなく当機はハワイ、ダニエル・K・イノウエ国際空港に向けて新宿国際空港を離陸いたします」

小柄な母が「まあ」と身を乗り出してCAを見る。

「この飛行機には非常口が二カ所ございます。お近くの非常口ドアをお確かめください」

CAが入口を示し、もう一人が酸素マスク使用法のデモンストレーションを始める。

――当社の乗務員は皆、本物のCAと同じ訓練を受けております。

ドリーム・エアラインの公式サイトにそう書かれていたが、あまりの再現ぶりにくすぐったいような笑いが込み上げた。

「まああ」

母は口を小さく開けて見入っている。「見て」と壁を示すと、「ああ」と口がさらに開いた。

通路側の壁に並んだモニターには、まるで窓のように機外の景色が映っている。頭上のモニターには飛行機の前方カメラの映像。滑走路が遥か彼方《かなた》まで伸びているのが見える。

窓代わりのモニターに視線を戻すと、離陸を待つ空港の滑走路から見える景色が鮮やかさを増した。機内が一気に暗くなったからだ。

エンジン音とともに座席が震え始めた。窓の代わりのモニターと、頭上のモニターの景色が動き始める。滑走路を進んでいくのだ。英語でカウントする機長らしき声まで聞こえてくる。照れくさくて笑ってしまいそうなのを必死で我慢した。

「ひぃちゃん、本当に飛ぶみたい」

隣を見ると、母は真剣な顔で頭上のモニターを見上げている。

エンジン音と機長のカウントが高まっていく。母が光里の袖をぎゅっとつかむ。もう諦めてつかませておく。

とん、と座席が一際震えた。離陸するときと同じだ。母はもう声もなく、ただただ周りを見回している。

機内がほんのり明るくなると同時に、光里が座っている側の壁一面にも窓が浮かび上がった。プロジェクション・マッピングだ。窓外には上昇する機内から見えるはずの景色が映っている。

ぽーん、と再び音がして、前に立つCAがアナウンスを始めた。

「皆さま、当機はただいま新宿国際空港を離陸いたしました。シートベルトサインが消えるまで、窓外の景色をお楽しみください」

映し出された窓の外で、みるみるうちに地上が小さくなっていく。「まああ」と母はただただ見入っている。

「ひぃちゃん、すごいね、本物の飛行機に乗ってるみたい」

「言ったでしょ？　ファーストクラスだって」

「そうねえ……」

母は窓外を見て顔をほころばせた。十五年前、ハワイに行ったときと同じだ。

――いいわねえ、飛行機は。

高いところが好きな母ははしゃいでいた。すでに母は何度も海外に行っていたのに、まるで初めて乗るようだと呆《あき》れたのを覚えている。

光里はそれどころではなかった。出発直前まで準備に追われ、日本からウエディングドレスとヘッドドレスを持ち込むためのパッキングに苦闘していたからだ。

父と新郎一家はともに海外旅行が初めてで、チェックインから搭乗して席につかせるまで世話を焼くはめになった。予算を抑えようと、最小限のアテンドしかないパッケージツアーを選んだことを後悔したが遅かった。

頼れるはずの新郎は、空港で出発を待つ間、光里に自分の親の世話を丸投げして買い物に行ってしまった。搭乗口の横で、口だけを動かして言い争った。

――お願い、お義父《と う》さんとお義母《か あ》さんの面倒はあなたが見て。

私だって余裕ないんだから。

神経がささくれ立った上に、団体の旅行客が多くて機内が賑《にぎ》やかだった。ただただ疲れがたまるフライトだった記憶がある。

「お客様、お食事どきのお飲みものは何にいたしますか？」

CAに聞かれ、光里はあわててドリンクメニューに視線を戻した。

「私はノンアルコールビールをお願いします。お母さんは？」

「そうねえ、あったかいお茶がいい」

ホットのウーロン茶を頼むと、CAが「かしこまりました」と下がっていく。上品な笑顔も物腰も本物のCAそっくりだ。だんだん本当にフライトしているような気分になってきた。

「すごいわねえ、本物みたい。よくこんなところ見つけたねえ」

母は入るときにもらったパスポートとチケットをまじまじと眺めている。子どものような喜びようを見て、胸がちくりと痛んだ。

一人で生きていくのに必死だったとはいえ、母にとっては冷たい娘だったのではないかと思う。大丈夫なの、と顔を合わせるたびに何度も聞かれてキレたこともある。辛《つら》いときでも大丈夫だと答えるしかないことがたまらなかったからだ。円満な結婚生活を送る兄やその妻と比べられるのが辛くて、一時期連絡を絶ったりもした。

何度言っても母が光里の腕でなく袖を握るのは、その時期の後遺症ではないかと思うことがある。冷たく振り払われるかもしれないと、遠慮がちになってのことかと。

「ねえひぃちゃん、このまま飛行機でぐるっと一周するの？」

「ううん。ちゃんとハワイ観光もするよ」

母が「ええ？」と半信半疑ながらも目を輝かせる。嬉《うれ》しさと空《むな》しさが同時に込み上げる。

――ひぃはもう、母さんに心配を掛けないだけでいいから。

いつか兄に言われた。

義姉は優しい性格で、母ともうまくやってくれている。光里はといえばいまだに大きな子ども。結婚しない限り、いつまでも母にとっては「私の娘」、心配の対象なのだ。

母に顔を向けると、眉を寄せてパンフレットをめくっている。

「ハワイ観光なんてどうやってするの。ここを出てまた別のどこかに行くとか？」

母の問いに応えるように、また機内がすっと暗くなった。出発のときと同じように、前でCAの一人がアナウンスする。

「皆さま、お待たせいたしました。これより、VR、バーチャルリアリティーによるハワイ観光をお楽しみいただきます」

カゴを持ったCAがVR用のごついゴーグルを一人一人に渡していく。二人分受け取り、一つを母に着けさせようとして、光里ははっと手を止めた。

母は老眼鏡を掛けている。

あわててCAを呼んだ。焦りで声が裏返る。

「あの、これ、メガネは。大丈夫ですか？」

「大丈夫です。メガネは外していただいて、ゴーグルを着けてピントを合わせていただければ、見えるようになります」

ほっと安心して、母にゴーグルを着けさせた。「重いねえ」と母が細い首をすくめる。

「お母さん、何が見える？」

「……何か……ぼんやり……宇宙基地、みたいな？」

CAの指示に従い、ゴーグルのつまみを回してピントを合わせてやると、母が「ああ！」と小さく声を上げた。

「ひぃちゃん、何これ、すごい」

光里も急いでずしりと重いゴーグルを着けた。

宇宙基地の内部が映り、CAと同じ制服を着た案内役らしき女性が向かいに佇《たたず》んで語りかけてくる。

頭上のモニターに映っていた映像と同じだが、違うのはVRで自分もその場にいることだ。頭上からはアナウンスが聞こえる。

「皆さま、いかがでしょう？　三百六十度、見渡せます」

左、右、そして天井を見上げてみる。母も同じようにしたのか、興奮したように肘掛けの上に置いた光里の手首をつかんで揺する。

案内役の女性がさっと手を振ると、宇宙基地のモニター一面にハワイの景色が映った。

「さあ皆さま、これから常夏のハワイ観光に参りましょう。高度一万メートルの上空から、常夏のハワイへワープします！」

母の手に力がこもる。大丈夫だよ、と骨張った手を握ったとき、目の前が白く弾《はじ》けた。

昔のアニメーション映画に出てくるようなトンネルをくぐり抜け、降り立ったのはハワイの公園だ。

鮮やかな青空と白い雲の下、トロリーバスとアロハシャツを着た女性ツアーコンダクターが待っている。

「アロハ、ハワイにようこそ！」

　現実でもこんなに簡単にハワイまで行けたなら、光里は離婚していなかったかもしれない。

　十五年前のフライトでは結局一睡もできずにハワイに到着し、予約したマイクロバスに一行を乗せた。ホテルに着いて全員分のチェックイン。テレビがつかない、灰皿がないと新郎の両親と父に呼ばれ続けた。

　その間、新郎は疲れたと言って部屋でごろごろしていた。挙式を控えてケンカを引きずりたくないので我慢するしかなかった。元はといえば、ハワイでの挙式を熱望したのは光里だ。願いを叶《かな》えてもらったのだから、多少の譲歩は仕方ない。

　そのあとは両家の家族を率いてワイキキを散歩し、夕食は義母が希望したハワイ料理へ。ディナーを終えてやっと解放されたが、ベッドに入っても時差ボケで寝付けなかった。神経がささくれ立っていたせいもあるだろう。ろくに眠れないまま、二日目のハワイ観光へと繰り出すはめになった。

　ＶＲの視界で、そのとき乗ったのと似たようなトロリーバスのドアが開く。ふわりと体が浮き、そのまま進んでバスに乗り込み、席につく。

　気になってゴーグルを片手で上にずらし、横を見た。母は身を固くしてＶＲに見入っている。

「さあ、ハワイ観光に出発しまーす！」

ツアーコンダクターに陽気に呼びかけられ、あわててゴーグルを下げた。

ハワイアンソングが流れる中、バスは進む。左を向くと窓が見え、カラフルなリゾートウェアや水着を着た人々が行き交うのが見える。右を向くと道沿いに並んだヤシの木の向こうに青い海が見える。当然だが、隣に座っている母の姿は見えない。

またゴーグルを片手でずらした。母は小さく口を開けてじっとしている。大丈夫か、と手を握ると即座に強く握り返された。

「ようこそ、ホノルルへ。中心地、カラカウア通りに到着しました」

ＶＲの世界に戻ると、トロリーバスが止まったところだ。またふわりと体が浮き、トロリーバスを降りる。

ツアコンに先導されて歩いていく。ＶＲの仕様か、地上から二メートルほどのところに浮かんだまま、ふわふわと前進する。すれ違う人々を見下ろす高さだから、まるで空中散歩だ。

「ご覧ください。こちらが有名なデューク・カハナモク像です」

サーフボードを背に両手を広げた像には見覚えがある。確か、十五年前の市内観光でも一番に訪れた。

まだスマホがなかった当時、光里はデジタルカメラを手に、ひたすら両家の親を撮り続けた。式を控えて日焼けは厳禁だから、日焼け止めを塗り続け、UVカットのパーカーと手袋を外さなかった。暑さで目眩《めまい》がしたのを覚えている。

VRの世界に戻り、ヤシの木の向こうで輝く青い海を見渡す。葉が風で揺れるのを見ると、自分の頬も風に撫《な》でられているような気がする。眩《まぶ》しいほど太陽が照りつけているのに暑さは感じないし、日焼けの心配もないのはちょっと嬉しい。

「さあ、次の場所に参りましょう」

次の観光地はハレイワ、ノースショアに位置する小さな町だ。ホノルルの中心部から車で約一時間かかるが、VRのツアーなら一秒で着く。

オールドハワイの面影を残したノスタルジックな街並みを、また地上に浮かんですいすいと進んでいく。母が握った手を二回上下に振った。十五年前にも行った場所だと言いたいのだろう。手を握り返して応える。

マツモト・シェイブアイス、七色のシロップで有名なかき氷ショップの前でツアーは止まる。「どれにしますか?」とツアコンが陽気に語りかける。

——どれにする?　ねえ、おいしそうだよ?

十五年前、同じ場所で懸命に新郎の機嫌を取ったことを思い出した。

初めての海外旅行で新郎が緊張していたのは分かっていた。自分より海外慣れしている光里に何もかも任せる一方で、そのことが癇《かん》に障ったのか、それとも時差ボケでしんどいのか、ずっと不機嫌だった。光里が母と二人になったときにそのことを愚痴ると母は言った。

――まともに受け止めないで、流しておけばいいの。

疲れてるだけですぐに元に戻るわよ。

簡単に言わないで、と腹が立ったのを覚えている。それでも結局そうするしかなかった。

「皆さーん、暑さは大丈夫ですか？」

また一秒でワイキキに戻り、次はホノルル動物園。広大な敷地内にたくさんの動物たちがいるのは、十五年前の記憶と同じだ。

その次はイオラニ宮殿だ。カメハメハ大王の像が威厳たっぷりに光里を見下ろす。すごいね、と母の方を向いてしまって苦笑した。二人で参加したのにＶＲの中では一人きりなのは少し残念なところだ。

十五年前のハワイでも、光里の気持ちは独りぼっちだったかもしれない。

二日目のハワイ観光を終えた夕方、光里は現地のメイクアップアーティストの元に一人向かった。挙式のときのヘアセットとメイクを前もって試す、メイクリハーサルをするためだ。最高にきれいな自分で式に臨みたかった。

疲れ切っていたが気力を奮い立たせ、あれこれと注文をつけた。満足できる仕上がりを確信して嬉しくなり、メイクしたままホテルに戻って唖然《あぜん》とした。

食事は先に済ませておいて、と頼んだにもかかわらず、新郎は両親と一緒に部屋で光里の帰りを待っていた。

母と父、そして合流した兄一家がホテル内の鉄板焼きレストランに行こうと誘ったが、新郎の母が断ったと、あとで母に聞いた。

――外の有名な焼肉レストランに行くって断られたのよ。

光里に頼むから、って。

いら立ちを堪《こら》え、空腹で不機嫌になった新郎一家に謝り、タクシーを呼んで焼肉レストランに行った。ホテルに戻ると新郎に言われた。

――母さんがどうしてもあの店に行きたいってきかなくて。

別の店に行ったりしたら、光里のことを逆恨みするかもしれないだろ？

――だったら、あなたが連れてってあげればよかったじゃない。

言い争いになって部屋を飛び出し、両親が泊まる部屋に駆け込んだ。父は兄とホテルのバーに行っており、残っていた母に泣きついた。

我慢しなさい、と前日と同じように諭す母に、光里は限界だと訴えた。

――無理。彼とこの先一生暮らしていく自信がない。

母は泣きじゃくる光里の背を、黙ってさすっていた。そして、光里が泣き疲れて口をつぐんだところで、静かに切り出した。

——じゃあ、ひぃちゃん、結婚やめる？

母は真剣な顔で光里を見ていた。

——やめるならお母さん、一緒に謝ってあげる。

お金が必要ならお母さんが何とかする。

結婚をやめたいと泣いて騒いでいたくせに、母に言われるとそのことの重みをずしりと感じた。

——何言ってるの？　できるわけないじゃん、そんなこと。

簡単に言わないで。式、明日なんだよ？

逆ギレして食って掛かった光里に、母は怒ることなくうなずいてくれた。

——ひぃちゃん、とにかく寝なさい。明日も早いんだから。ね？

メイクがぐちゃぐちゃになった顔を母に拭いてもらい、部屋に戻った。あのときの光里は母に甘えることで、何とか自分を保っていられたのだと改めて思う。

母に手をぐいっと握られ、光里は我に返った。

ＶＲに意識を戻すと、過去に向いていた間に観光ツアーはワイキキビーチに移動していた。

砂浜から海に突き進み、そのまま飛び込む。パドリングするサーファーたちの横を抜け、ぐいぐい沖に進んでいく。心地よく波に揺られていると、すぐそばにカヌーがやってきて、陽に焼けた漕ぎ手《こて》が笑顔で手を差し出した。

「さあ、カヌーで冒険の旅に出ましょう！」

カヌーに乗ると、ぐいと方向が変わった。賑わうワイキキビーチが一望できる。自然と左側、アラモアナビーチがある方へと視線を向けていた。十五年前のハワイ三日目、挙式当日に迎えた朝を思い出したのだ。

眠りは浅かったが、どうにか少し寝ることができた。母が思い切り泣かせてくれたおかげだろう。朝食のあと、部屋で着付けとメイクを済ませてアラモアナビーチで前撮り──挙式前の記念撮影──に臨んだ。

ウエディングドレスを身にまとい、髪にブーケと同じプルメリアの花を飾った光里を見て、誰よりもはしゃいだのは母だ。

──ひぃちゃん、きれいよ。すごくきれい。

あのときの母は喜んでいたのだろうか。それとも光里の気持ちを盛り上げようと頑張ってくれていたのだろうか。そのときは新郎のことばかり見ていて覚えていない。

前夜のことでさすがに気が咎《とが》めたのか、新郎も機嫌を直して快活に振る舞ってくれた。快晴のビーチでカメラマンの前、抱き合ったり手をつないだり頰を寄せ合ったりするカットも笑顔でこなしてくれた。

教会で挙げた式も、そのあとフレンチレストランの個室で行ったウエディングディナーもつつがなく終えることができた。

あのときの教会はどの辺だっただろう。VRで乗り込んだヘリコプターで、ホノルル上空から下界を見渡した。

巨大なクレーターが近づいてくる。丸く開いた火口にはマグマの代わりに緑が点在している。

「オアフ島の南東端にある火山、ダイヤモンドヘッド。ハワイを象徴するスポットとして、世界中から多くの観光客が訪れています」

十五年前は四日目のフリータイムにダイヤモンドヘッドを訪れることにした。双方の両親にとってはハワイで丸一日過ごせる最後の日だ。あと一日、義父母を接待すればよいのだとほっとしたのを覚えている。そのあと光里と新郎はハワイに残り、ハネムーン代わりに二泊することになっていた。

VRで乗っているヘリコプターが降下していく。

「ダイヤモンドヘッドは山頂まで約一・三キロ、徒歩で往復一時間から二時間です。それでは登ってみましょう。頑張って！　感動が待っていますよ！」

母が光里の手を握る。喜んでいるのだろう。

あの日、ダイヤモンドヘッドに行く予定だったのは母の希望だ。ハワイに出発する前に母に頼まれ、光里は驚いた。母は運動もしないし山登りなどとんでもないというタイプだったからだ。その母が、何としても行きたいと目を輝かせていた。

――映画で見てからずっと行ってみたかったの。

兄一家はテーマパークに行くというので、光里と新郎、それぞれの両親で現地ツアーの予約を取っておいた。

しかし、昼過ぎからのツアーを前に、ショッピングに出かけたアラモアナセンターで、母は胃が痛いと言い出した。結局、光里が付き添ってホテルに残ることにして、二人だけツアーをキャンセルした。新郎の母は便利に使える光里が来ないことに不満げだったが、さすがに病人の付き添いとなると文句は言えず、渋々出かけていった。

ＶＲのヘリコプターから降りながら、見えない母を支えるように手を握り返した。ふわりふわりとトンネルをすり抜け、急な階段を上っていく。そして次の瞬間、目の前に空が広がった。頂上に着いたのだ。

母が握った光里の手を振った。

視線を下げるとエメラルドブルーの海が広がっている。横を向くとホノルルの街が一望できる。じりじりと肌を灼く陽射《ひざ》しを感じるような気さえしてしまう。

「ダイヤモンドヘッドから見える景色で一番美しいのは、夕暮れだという人も数多くいます。黄昏《たそがれ》を迎えるハワイの海をご覧ください」

鮮やかな青い空が、海へと落ちていく夕陽の金色を受けて、エメラルドグリーンに変わっていく。そして色が濃くなっていく。

雲がシルクの襟のように優美に重なり合い、中央にブローチのように夕陽が輝く。天使の梯子《はしご》と呼ばれる光の筋が、斜めに海へと何本も落ちていく。水平線のすぐ上に美しくたなびく雲は、繊細に描かれたフレスコ画のようだ。

光里はゴーグルをずらし、隣の母を見た。

母の口元が幸せそうに微笑んでいる。柔らかくシワが寄った頬に、天使の梯子のような一筋の涙がこぼれるのが見えた。

「まあ、ダイヤモンドヘッドに登れるなんてねえ。本当にあの場所に立ってるみたいだったよ。夕陽が沈むところまで見られるなんて。映画で見たときよりずーっときれいだった。もう夢みたい」

二十分のVRハワイ観光を終えてゴーグルを外すなり、母が目をしばたたかせながら興奮気味にまくし立てた。

ダイヤモンドヘッドに登ったあとは翌日にタイムスリップし、ワイピオ渓谷でジャングルをドライブ、パラグライダーで空を飛び、ラナイ島で馬に乗って草原を駆け抜けた。興奮覚めやらぬ母は、ディナーを前に運ばれてきたお茶をおいしそうに飲んだ。

「馬に乗ったり、空を飛んだり、一生ないと思ってたことがちょっとでも体験できるんだもんねえ、すごいねえ。ファーストクラスの座席もこんなに広くて。幸せ」

母が座席に満足そうにもたれる。

――一度でいいからファーストクラスに乗ってみたいねえ。

十五年前、ハワイに旅立つときに機内で言った母の顔を思い出した。

いつか叶うかも。そうぼんやり思っている願いが「もう無いだろう」に変わってしまうのは、人生のどの地点なのだろう。ほろ苦い思いを振り払おうと笑顔を作った。

「まだまだ。ファーストクラスのディナーが始まるよ」

CAがやってきて、座席のテーブルをセットしたあと、飛行機内で使われているものと同じカートを押してやってくる。ファーストクラスだから、トレイの上に全部載せの定食スタイルではない。

まずは前菜が供された。ガーリックシュリンプを味わった母が「おいしい」と目を輝かせる。食事も観光客に人気があるハワイ料理の中からセレクトされている。

「着いた夜にこれ食べたわよね、レストランで」

「そうだっけ？」

「ひぃちゃんは食べたがらなかったのよ、ニンニク臭くなるって。でもみんな食べてるんだから、ってお母さんが勧めたの。でなきゃ――」

母が言葉を切った。新郎のニンニク臭が気になる、とでも話そうとしたのだろう。誤魔化すようにポキ――アボカドとマグロを和《あ》えたマリネ――を口に入れ、そしてテーブルに置かれたタブレットに視線を向けるのが見えた。機内のモニターと各席のタブレットには、さっきのVR映像が流れている。

今映っているのはちょうど、トロリーバスからハレイワの町に降り立ったところだ。VRと同じように、マツモト・シェイブアイスから紹介が始まる。七色のシロップが掛かったかき氷を見て、ふふ、と母が笑う。

「ひぃちゃん、あのときみんなの写真を撮るのに夢中で、食べようとしたらかき氷が半分くらいになっちゃってたのよね。溶けて、器がたぷたぷして」

「あっちの親が、撮ってくれってうるさいから」

「花嫁なのに片付けまでしたわねえ、食べ終えた器の。そこの店じゃなかった？　あっちのお母さんが何か買うときも呼ばれて」

「『あの人に聞いて』でしょ？　ほんとうざかった」

――ほら、あの人に聞いて。

義父母だけでなく父からも新郎からも言われ続けて辟易《へきえき》したものだ。

「ひぃちゃん一生懸命で、危うく写真に入れないところだったのよね、ここで」

カラカウア通りの名所、サーフボードを背に立つ伝説のサーファー、デューク・カハナモク像を見た母が言う。そうだった、と思い出した。

「めちゃくちゃ暑かったし、日焼け防止の長袖が脱げないし、頭がボーッとして」

「お母さんが気づいて撮ってあげたのよ、ひぃちゃんを入れて、記念撮影」

「まあ、今となってはどっちでもよかったけど……」

あの写真はどこに行ったのだろう。結婚して一年後、家出するときに置いていったきりだ。母は大切に持っていそうだが、確かめたいとは思わない。

オックステールスープに取りかかった母が、思い出したようにスプーンを止める。タブレットにはホノルル動物園が映っている。

「ひぃちゃんったら疲れたのか、動物園のなんだっけ、パラソル付きのテーブルがあったところ。あそこで一休みしてたらうとうとしてたじゃない」

「ああ……気持ちよかったんじゃないかなあ」

公園に続く広々とした動物園は動物の匂いもなく、さわやかな風が吹き抜けていた。タブレットの画像を見ながら、十五年前、パラソルの下で思い思いに座っていた新郎と義父母を思い出した。

家出してから離婚まで一年かかった。義父母には責められたり哀願されたりで、義母は母に何度も電話をかけてきたそうだ。あとで兄に聞かされた。

——ヒステリックに責め立てる声がこっちにまで聞こえたよ。

それで気が済むなら、って、母さんはひたすら謝ってた。

ひぃ、そのことは一生忘れんなよ。

ハワイの写真や映像を見て苦い思いが込み上げなくなったのは、ここ二、三年のことだ。

こんなにもハワイは美しくて魅力的だったのかと思う。もっと早く再訪しておけばよかった。母を連れて。

母はローストビーフのトロピカルフルーツソース添えに取りかかりながら、楽しげにタブレットを見ている。

「ほら、ひぃちゃん、カメハメハ大王。像の前でお父さんがカメハメハの歌を歌ったらひぃちゃんが恥ずかしいってぷんぷん怒ったの、覚えてる?」

「私のことばっかり……。景色じゃなくて私を見てたわけ?」

決まり悪さを隠そうと突っかかったが、母は気にもとめずローストビーフを味わっている。

「おいしい。これもハワイで食べたわねえ。最初の夜? ハワイもずーっとお肉だったわよね。お母さん、あんなに毎日たくさんお肉を食べたのはあのときだけよ」

初日の夜はハワイ料理、翌日の夜は鉄板焼き、挙式後のウエディングディナーはフレンチ。朝はブッフェでベーコンやソーセージ、昼はロコモコやロブスターサンドイッチ。光里は緊張や憂うつで食が進まなかったが、まともに食べていた母たちには少々重かったらしい。

「量もすごかったし。ドーン、ってお肉が一人分でも日本の三人前くらい来たわね。お母さんたちの世代は残すと申し訳ないって、つい頑張って食べちゃうじゃない。いつもお腹ぱんぱんになっちゃってねえ」

ふふ、と母が思い出し笑いをする。

「でも、贅沢《ぜいたく》だけどさすがにお肉もロブスターも飽きちゃって。お父さんに言われて持っていったインスタントのカップラーメン、お母さんカップラーメンなんて普段食べないけど、あのときはおいしくてねえ」

「いつ食べたの？」

両親がハワイにいる間は常に一緒にいたから、朝昼晩すべてともに食事をしていた。

「カップラーメンを食べるタイミングなんてあったっけ？」

「いつだったかな。覚えてない」

「覚えてないって、そんなわけないでしょ？　私のかき氷が溶けたとか居眠りしたとかまで覚えてるのに」

母の目があわてたように泳いだ。

「覚えてないの。とにかく食べたのよ。ほらひぃちゃん、食べないとデザートが来ちゃうわよ」

母自身が言うように、母は毎食お腹いっぱい食べていたのだ。好きでもないカップラーメンをわざわざ食べるタイミングなどあっただろうか。

ローストビーフを口に運んだとき、ソースがこぼれてぽたりと胸元に落ちた。「あぁ」と母が目ざとく見つけて紙ナプキンを差し出す。

「ほら、染みになっちゃう。早く洗ってらっしゃい」

まるで子どもだと思いながら手洗いに立った。ペーパータオルを濡《ぬ》らし、ジャケットの襟元についた染みを叩《たた》きながら考えた。

四日目はどうだっただろう。いや、あのときも食べるタイミングはなかった。母が体調を崩したからだ。

母は昼食も食べられず、光里に付き添われてアラモアナセンターから部屋に戻った。ベッドメイクされたばかりのツインベッドの片方に、母が横になるのを手伝った覚えがある。そして母の部屋で午後を過ごした。ずっと一緒にいたが、母が起き出してカップラーメンを食べていた記憶などない。

ベッドに入った母を肘掛け椅子から見ていたような記憶はある。そして、夕暮れを迎えて薄暗くなった部屋から、元気になった母と二人で出かけた。

胸元を拭く手が止まった。

残っている記憶はそれだけだ。新郎と義父母、父がダイヤモンドヘッドに行っている間、少なくとも母と五時間は一緒にいた。それなのに、ホテルの部屋で何をしていたのか、まるで記憶にない。

どうしてだろう。母にもう一度聞こうと思いながら手洗いを出た。機内に戻ろうとしてチェックインカウンターの前で足を止めた。チェックインのときに見た、お土産用のハワイグッズが気になっていたのだ。

「これですか?」

地上職員が小さなサシェを見せてくれた。ハワイアンフラワーのポプリが入っているというサシェから甘い香りが漂う。柔軟剤のような香りが記憶の中で弾けた。

こんな香りがする毛布を掛けて寝ていた。

あのときはいつの間にか、母の隣のベッドで寝てしまっていた。ベッドカバーの上で眠ってしまった光里に、母が毛布を掛けてくれていた。

眠っていたのは私なのだ。

母は起きていてカップラーメンを食べた。そのことに気づかないくらい、光里はぐっすりと眠りこけていた。時差ボケにガイド役に挙式にと疲れ切っていたから。

そこから先の記憶はある。夜、元気を取り戻して皆と食事に行き、翌日、両家の親を空港まで送った。そして、残り二泊のハネムーンを元気に楽しんだ。

もしもあのとき、休むことなくダイヤモンドヘッドに登り、義父母の世話をしていたら、きっとハネムーンどころではなかっただろう。疲れがたたってまた新郎とケンカになり、ハワイで決裂していたかもしれない。

ウエディング旅行を無事に終えることができたのは、母が仮病を使って、光里がホテルで休めるようにしてくれたからだ。

日本で暮らしていたらそうそう行く機会がない、夢のダイヤモンドヘッド。それを母は光里のために諦めてくれたのだ。

席に戻ると、母と笑顔で話していたCAが会釈をして去っていく。「大丈夫？」と母が光里の襟元を見た。

「帰ったらすぐクリーニングに出しなさいね。いいお店ある？　うちの近所に染み抜きがうまいところがあるけど」

「大丈夫」

「あら」

母が嬉しそうにタブレットに見入った。ダイヤモンドヘッドの映像が流れ始めたのだ。

「きれいねえ……」

VRで体験した山頂からの景色と重なったのか、母が微笑む。

おそらく母は、本物のダイヤモンドヘッドに行くことのないまま人生を終えてしまうだろう。

「ひぃちゃん、この映像、どこかで売ってないかしら？」

「うん……」

まだ画面でダイヤモンドヘッドが輝いているのに、母が光里へと顔を向けた。

「どうしたの？」

ううん、と一口水を飲んだが、母は光里を見たままだ。

「大丈夫よ、取れない染みじゃないから」

「ううん――」

ポケットの中に入れたサシェを握った。さっき、チェックインカウンターで買ったものだ。

十五年前のあのときのことを母に詫《わ》びたい。そして、ありがとうと言いたい。

サシェを握りしめていると、ふいに耳慣れたメロディーが機内に流れた。

バースデーソングだ。ＣＡの一人が歌いながら近づいてくる。

入口からは、キャンドルを立てたデザートプレートを捧《ささ》げ持ったCAと機長が入ってきて、まっすぐ光里の横にやってきた。

「え、私!?」

母に顔を向けると、してやったりと笑っている。

「ひぃちゃん、ちょっと早いけど、お誕生日おめでとう」

「ハッピーバースデー!」

CAと機長が歌い出す。他の乗客たちも手拍子で合わせてくれる。

こんな大勢の赤の他人の前で、誕生日を祝われるのはいつ以来だろう。薄暗いので赤面したのを見られなさそうなのは幸いだ。

歌い終えた機長が拍手する。

「お誕生日おめでとうございます。お客様の人生のフライトが幸せに向けて順調でありますよう、ドリーム・エアライン一同、心よりお祈りしております」

CAと乗客たちも拍手し、母が光里の腕をつつく。ハワイ風パンケーキの上に立てられたキャンドルを吹き消し、「ありがとうございます」と礼を言った。機長たちが去っていくと、母が得意げに告げた。

「ひぃちゃんがお手洗いに行ってる間に、お母さん、CAさんに頼んだの。来週お誕生日だから、お祝いできないかって」

「やめてよもう、祝うような年齢でもないのに……」

「何言ってるの。四十代、まだまだこれからよ。だから元気に、ね？」

「はい？」

母が「げ・ん・き・に」と節をつけて繰り返し、笑う。

「ひぃちゃん、いつもと違ってなんだか元気ないから」

「それは――」

母連れで初めてのバーチャルトリップに臨むから、細心の注意を払っていただけだ。

口ごもっていると、母が用意していたらしいポチ袋を差し出した。

「これね、お母さんからのプレゼント。今日のお会計に使って」

「ちょっと待って。せっかく私が――」

「ありがとうね、連れてきてくれて。お母さん、本当に楽しかった。夢のダイヤモンドヘッドにも登れたし。だから、ね？」

「いや、今日のは親孝行だから」

「もう充分。ここまで連れてきてくれただけで。帰りもうちまで送ってくれるんでしょ？」

「そうだけど――」

なんで母は親孝行をさせてくれないのだ。もどかしくて泣きたくなった。四十四歳になるというのに。

「ひぃちゃん」

母がポチ袋を受け取れというように前に出す。

微笑んだ顔が光里を見つめる。じっと待っている。

ポケットで握りしめていたサシェから手を離し、両手でポチ袋を受け取った。

「お母さん、ありがとう」

「はい、どういたしまして」

嬉しそうに笑った母が鼻をひくつかせる。

「あら、いい匂い」

手についたサシェの香りが届いたらしい。渡すのはまた今度にしよう。今は母に花を持たせるときなのだ。

母が差し出すものを喜んで受け取ろう。光里が喜ぶこと、幸せなこと、それが母が一番喜ぶことなのだから。

だから、母はダイヤモンドヘッドも諦めてくれたのだ。

母が「あ」と思い出したように目を見張った。

「ひぃちゃん、写真。写真撮ってもらおう。姉ちゃんに見せるの。びっくりするわよ、お母さんがファーストクラスに乗ってハワイに行った、って言ったら。こんなの絶対知らないもの、ふふ」

マウンティングする気満々だ。伯母さんごめんなさい、と心で謝りながら「私が撮るよ」と言うと、「ダメ」と首を振った。

「二人で撮るの。ひぃちゃん一人のも撮ろう。お母さん、みんなに見せるから。いいご縁が舞い込んでくるかもしれないでしょ？」

「まだ諦めてないの……」

苦笑いしたとき、ぽーん、とシートベルトサインの音が響いた。続いて機内アナウンスが流れる。

「ご搭乗の皆さま、当機は間もなく新宿国際空港に向けて着陸態勢となります。着陸に備えてシートベルトをしっかりお締めください」

離陸のときと同じように、エンジン音が次第に高まっていく。母のシートベルトを確認したとき座席が震え始めた。さっと真顔になった母の手を握った。

「着陸したら、ＣＡさんに撮ってもらおう、写真」

帰りはライトアップした伊勢丹をタクシーから見よう。無事に送り届けたら、次はダイヤモンドヘッドが美しく映っているＤＶＤを探して母にプレゼントしよう。

モニターの窓外に降下していく景色が見える。翼が傾くと大地が見える。

――お客様の人生のフライトが幸せに向けて順調でありますように。

機長からの祝福の言葉を思い出す。

光里はドリーム・エアラインの機内を見渡した。

体力的に旅することが難しくても、最新の技術と工夫によって、こうして心の旅をすることができる。幸せという目的地に着くための方法は、きっと一つではない。

母を幸せにする新たなルートを探し続けよう。時間が許す限りずっと。

「ねぇ、ひぃちゃん。パリに行けるコースもあるわね」

隣で母がパンフレットをひらひらと光里に振ってみせた。

執筆にあたり、「FIRST AIRLINES」さんに
大変お世話になりました。この場を借りて御礼を申し上げます。

解説

藤田香織

「旅行」という言葉には、何とも言えぬ高揚感があります。まだ見ぬ場所へ、ずっと行きたいと願っていた場所へ、懐かしいあの場所へ。いつもとは違う非日常の世界を味わうことができるあの楽しさは、二〇二〇年の現在思えば尚更《なおさら》に、つくづくスペシャルなものだと感じずにはいられません。しかし、そのわくわく弾む気持ちには、うっすらとした面倒臭さが伴うのもまた事実。いつ、だれと、どこへ、どんな方法で行くのか。決定までには様々な調整が必要で、譲歩と妥協がつきもの。たとえどれだけのお金をかけても天気は買えないように、何もかも自分の望むとおりにいく旅などない、と断言できます。

しかも保護者に付いていくだけで良かった子どもの頃の家族旅行とは異なり、大人のトラベルはどんなトラブルに見舞われても、自分で乗り越えねばなりません。

二〇一三年に刊行された初めての小説『給食のおにいさん』が幅広い世代の読者に支持され、シリーズ五冊、累計三十三万部のスマッシュヒットとなった遠藤彩見さんによる本書『みんなで一人旅』には、そうしたままならぬ七つの大人旅が収められています。

冒頭の「男二人は聖地を目指す」は高校時代からの友人・有沢成生《ありさわなるお》と梨本正直《なしもとまさなお》、「アリ」と「ナシ」四十男の中信州二人旅。とはいえ、アリはどうやら何らかの屈託を抱えているようで、パワースポットの戸隠《とがくし》神社に行きたいと頑《かたく》なに主張し譲りません。男子校時代、周囲からは兄弟っぽいとコンビのように見られ、三十歳からは互いに結婚しているにもかかわらず年に一度、一緒に旅してきたナシから見ても、アリの様子はいつもと違う。ところが、読者としては、ナシの言動にもひっかかるものがあるのです。ん？　おや？　あれあれ？　と思っているうちに、「ネットワークビジネス」というワードがアリから発せられ、二人旅の様子は一転。久しぶりに会った友人からその手の話を切り出されたときの、あの虚《むな》しさと哀《かな》しみを思い出し、あー、はいはい、と、うんざりしつつも読み進めていくと、あにはからんや、物語はそこから更にもう一転するのです。この流れで、この展開！　踏み出す一歩先に明かりを灯《とも》す、幕開けに相応《ふさわ》しい一篇《ぺん》といえましょう。

表題作でもある「みんなで一人旅」は、タイトルからして興味深し。どういう意味かと思えば、大手旅行代理店主催のお一人様限定ツアーの名称で、五泊七日ローマ・フィレンツェの旅に参加した大取佳乃子《おおとりかのこ》を主人公に描かれていきます。一人旅の気楽さと、ツアーの便利さを兼ね備えたプランで、なるほどこれなら初めての海外旅行（しかも傷心）でも安心できそう。ところが、佳乃子は相部屋コースを選んだばかりに初対面のツアーメンバーとダブルベッドで眠るはめになり、さらには移動バスの車中に落ちていたストラップ時計を踏み壊すトラブルに見舞われてしまいます。その持ち主を探り、謝罪する機会を窺《うかが》う一方で、たった二人しかいない男性参加者のうちのひとり、白髪交じりの羊顔ことマルヤマにストラップ時計を壊した現場を見られていたのではないかと思い込み、親切めいた言葉も脅しに聞こえるほど不安を募らせていく佳乃子。果たして彼女は腕時計を持ち主に返し謝罪することができるのか。そしてマルヤマの「狙い」は何なのか――。わずか五泊の間に〈一人であることを受け止め〉られるようになった佳乃子がみんなから離れて一人で見た、フィレンツェのバラ色の景色の美しさが、読者の目の前にも広がるようです。

そこから続く「癒やしのホテル」は、タイトルに反し、ゆっくりと不穏な空気が立ち込めていく一篇。四泊五日の出張で韓国にやって来た門松《かどまつ》は、現地支店採用の成田《なりた》が手配した「整形ホテル」に滞在することに。医療観光で訪れ美容整形手術を受けた患者が、術後長期滞在・療養するために建てられたというこのホテルで、門松は顔面を包帯やサポーターで覆った女に出会います。生まれ持った端整な顔立ちに加え、ボディビルの大会出場を控えボディメイクに励む高給取りの独身男という、何も悪くないのに嫌汁が滴る門松のキャラクター造形が絶妙で、親し気に接近してくる「包帯女」の正体やいかに、と気にかかることこの上なし。門松はまったくもって酷い男で、結果的にとんだ「倍返し」を受けるハメになるわけですが、巧いな、と思うのは、これが単なる復讐劇《ふくしゅうげき》ではなく、セルフチェックを怠らず、自己陶酔してきた門松が、本当に「自分を見つめなおす」きっかけになるかもしれない、という含みも感じられる点。意外な奥行のある作品ではないでしょうか。

旅にたとえればなか日の「空飛ぶ修行」は、航空会社の様々な特典獲得を目的にした、俗にいうマイル修行に挑むカップルの物語。交際三年同棲《どうせい》二年、旅好きの松永栞《まつながしおり》は恋人の千原風馬《ちはらふうま》をどうやら飛行機が嫌いなのではないか、と感じていました。ところが風馬は、ある日突然、日本中央航空の上級会員になる、と宣言。一泊二日で六フライトの「修行」が二人の視点から交互に描かれるなかで、その理由が明らかになっていきます。聞きたいのに聞けないこと。言いたくても言い出せないこと。ハードな行程で疲れすぎて互いを思いやる余裕をなくしていく姿は、結婚生活にも繰り返し訪れる局面で、他人事とは思えずわかるなぁ、とつい微苦笑してしまいます。行きつけのバーの店員・剣崎《けんざき》をめぐるちょっとしたミステリー的な仕掛けもあり、人生という旅を共に歩むための大切なことが記されている味わい深い一篇です。

七つの物語のなかで、個人的にいちばん強く心に残ったのが「氷上のカウントダウン」。ロシアのウラジオストクを単身訪れた江口露子《えぐちつゆこ》は、同じホテルに宿泊している女子大学生の琴里《ことり》に懐かれ、食事など行動を共にします。琴里と友人・宇美《うみ》の諍《いさか》いは、女同士の海外旅行あるあるともいえる問題で、「わかりみが深い」と思う読者も多そう。何らかの鬱屈を抱えていて、気晴らしもあり旅に出たと窺える露子は、次男の恭吾《きょうご》と近い年ごろの琴里に付き合い、その他力本願で幼さが目に余る言動を客観的に見るうちに、もやもやと心に立ち込めていた霧を晴らすべく思い切った行動に出るのですが、大人の振る舞いとしてこれは実に痺《しび》れます。息子の人生の露払いとしての役割は終わったのだと理解する露子が瞼《まぶた》に焼き付けた景色は、間違いなく人生の「帰り道」の支えになってくれることでしょう。

「誰も行きたがらない旅」は、言われてみれば確かに！　と膝を打つ、社員旅行の物語。ソックスやサポーターの製造を手掛ける本庄《ほんじょう》レッグウェア株式会社の社長・本庄光俊《みつとし》は、ひょんなことから大幅増益となった利益を節税も兼ねて社員に還元すべく、創業五年目にして初の社員旅行を実施。本庄自身は社交が苦手な「カタツムリ」ゆえ、専務の堤《つつみ》に一泊二日の旅を任せるつもりでいたものの、急な欠席者が相次ぎ人数合わせで同行するはめに。全方向にあれこれと気を使いまくり社員接待に努める本庄ですが、どうも上手《うま》く嚙《か》み合わない。やがて本庄は積み重なっていく小さな違和感の原因を突き止めるのですが、そこからの彼の振る舞いが、実に心ニクイ。理解が速く、感情的にならず対処にあたる、それまで見てきた弱腰で小心カタツムリのイメージが覆され、励まされたような心地になります。

最終話となる「幸せへのフライトマップ」は、コロナ禍でリアル海外旅行が気軽にできなくなった今、実際の需要も増えていそうなバーチャル・トリップの様子が詳細に楽しめます。バツイチ独身の淀川光里《よどがわひかり》が、七十歳を過ぎ長距離移動は厳しくなってきた母親孝行にと選んだのは、新宿の雑居ビルからハワイへ向かうファーストクラスの旅。ハワイは十五年前に、光里の結婚式で訪れた母娘にとって思い出深い場所で、初めての仮想体験にはしゃぎ、目にした懐かしい風景をきっかけに思い出話に花が咲くなか、すっかり忘れていたある記憶の扉が開かれる、優しさ溢《あふ》れる作品に仕上がっています。

俗に「旅は人を成長させる」と言われますが、年齢的には成長期をとっくに過ぎた主人公たちそれぞれの「気付き」は、読者の心の糧にもなるでしょう。『給食のおにいさん』シリーズも、とても栄養価の高い作品ですが、遠藤さんの小説はいずれも手放しがたい、傍に置いて読み返したくなる魅力があります。それは、たとえ主人公が王子然としたイメージ・コンサルタントやひきこもり男子高校生（『イメコン』創元推理文庫）や、俗世で何者にもなれなかった出戻り僧侶（『バー極楽』角川書店）や、華やかな夜の蝶《ちょう》（『千のグラスを満たすには』新潮社）といった自分とは立場の異なる人物であっても、一面的ではなく近しい人間味を感じられるから。『給食のおにいさん』以外にまだ遠藤作品を読んだことがない、という方は、まずは『キッチン・ブルー』(新潮社→新潮文庫)に手を伸ばしてみて下さい。こちらは「旅」にも欠かせない「食」にまつわる様々な問題を抱えた六人を主人公に据えた短編集(某作とのリンクも!)で、頬がゆるむ滋味に溢れています。

譲り合い、助け合い、同じ景色を見て違うことを考え、語り合って認め合う。本書に記されている大切なことは、人生においてもまた然《しか》り。これからの旅の、そしてまだまだ続く人生の予習・復習の参考書として、何度でも繰り返しお楽しみ頂けることを保証します。

(ふじた・かをり　書評家)

初出

男二人は聖地を目指す　「ｗｅｂ集英社文庫」二〇一九年六月〜七月
みんなで一人旅　「小説すばる」二〇一六年八月号
癒やしのホテル　「ｗｅｂ集英社文庫」二〇一九年八月〜九月
空飛ぶ修行　「ｗｅｂ集英社文庫」二〇一九年十月〜十一月
氷上のカウントダウン　「ｗｅｂ集英社文庫」二〇一九年十二月〜二〇二〇年一月
誰も行きたがらない旅　「ｗｅｂ集英社文庫」二〇二〇年二月〜三月
幸せへのフライトマップ　「ｗｅｂ集英社文庫」二〇二〇年五月〜六月

本書は、右記の作品を加筆・修正したオリジナル文庫です。

本文デザイン／高橋健二（テラエンジン）

集英社文庫　目録（日本文学）

江國香織・訳　パールストリートのクレイジー女たち
江角マキコ　もう迷わない生活
江戸川乱歩　明智小五郎事件簿Ⅰ～Ⅻ
NHKスペシャル取材班　激走！日本アルプス大縦断 密着、トランスジャパンアルプスレース富山～静岡415km
江原啓之　子どもが危ない！ スピリチュアル・カウンセラーからの警鐘
江原啓之　いのちが危ない！ スピリチュアル・カウンセラーからの提言
M　L change the WorLd
ロバート・D・エルドリッヂ　トモダチ作戦 気仙沼大島と米軍海兵隊の奇跡の"絆"
遠藤彩見　みんなで一人旅
遠藤周作　勇気ある言葉
遠藤周作　ほんとうの私を求めて
遠藤周作　父親
遠藤周作　ぐうたら社会学
遠藤周作　愛情セミナー
遠藤武文　デッド・リミット
逢坂剛　裏切りの日日

逢坂剛　空白の研究
逢坂剛　情状鑑定人
逢坂剛　よみがえる百舌《もず》
逢坂剛　しのびよる月
逢坂剛　水中眼鏡《ゴーグル》の女
逢坂剛　さまよえる脳髄
逢坂剛　配達される女
逢坂剛　鵟《のすり》の巣
逢坂剛　恩はあだで返せ
逢坂剛　おれたちの街
逢坂剛　百舌《もず》の叫ぶ夜
逢坂剛　幻の翼
逢坂剛　砕かれた鍵
逢坂剛　相棒に気をつけろ
逢坂剛　相棒に手を出すな
逢坂剛　大迷走

逢坂剛　墓標なき街
逢坂剛他　棋翁戦てんまつ記
大江健三郎・選　何とも知れない未来に
大江健三郎　「話して考える《シンク・トーク》」と「書いて考える《シンク・ライト》」
大江健三郎　読む人間
大岡昇平　靴の話 大岡昇平戦争小説集
大沢在昌　悪人海岸探偵局
大沢在昌　無病息災エージェント
大沢在昌　ダブル・トラップ
大沢在昌　死角形の遺産
大沢在昌　絶対安全エージェント
大沢在昌　陽のあたるオヤジ
大沢在昌　黄龍の耳
大沢在昌　野獣駆けろ
大沢在昌　影絵の騎士
大沢在昌　パンドラ・アイランド(上)(下)

集英社文庫　目録（日本文学）

集英社文庫　目録（日本文学）

集英社文庫　目録（日本文学）

乙一　平面いぬ。
乙一　暗黒童話
乙一　ZOO 1
乙一　ZOO 2
古屋×乙一×兎丸　少年少女漂流記
乙一　荒木飛呂彦・原作　The Book jojo's bizarre adventure 4th another day
乙一　箱庭図書館
乙一　Arknoah 1 僕のつくった怪物
乙一　Arknoah 2 ドラゴンファイア
乙川優三郎　武家用心集
小野一光　震災風俗嬢
小野正嗣　残された者たち
恩田陸　光の帝国 常野物語
恩田陸　ネバーランド
恩田陸　FEBRUARY MOMENT ねじの回転(上)(下)
恩田陸　蒲公英草紙《たんぽぽ》 常野物語
恩田陸　エンド・ゲーム 常野物語
恩田陸　蛇行する川のほとり
開高健　オーパ！
開高健　風に訊け
開高健　オーパ、オーパ!! アラスカ・カナダ カリフォルニア篇
開高健　オーパ、オーパ!! アラスカ至上篇 コスタリカ篇
開高健　オーパ、オーパ!! モンゴル・中国篇 スリランカ篇
開高健　知的な痴的な教養講座
開高健　風に訊け ザ・ラスト
開高健　青い月曜日
海道龍一朗　華、散りゆけど 真田幸村 連戦記
海道龍一朗　早雲立志伝
加賀乙彦／津村節子　愛する伴侶《ひと》を失って
垣根涼介　月は怒らない
柿木奈子　さいはてにて やさしい香りと待ちながら
角田光代　みどりの月
角田光代／佐内正史　だれかのことを強く思ってみたかった
角田光代　マザコン
角田光代　三月の招待状
角田光代／松尾たいこ　なくしたものたちの国
角田光代他　チーズと塩と豆と
角幡唯介　空白の五マイル チベット、世界最大のツアンポー峡谷に挑む
角幡唯介　雪男は向こうからやって来た
角幡唯介　アグルーカの行方 129人全員死亡、フランクリン隊が見た北極
角幡唯介　旅人の表現術
梶よう子　柿のへた 御薬園同心 水上草介
梶よう子　お伊勢ものがたり 親子三代道中記
梶よう子　桃のひこばえ 御薬園同心 水上草介
梶よう子　花しぐれ 御薬園同心 水上草介
梶井基次郎　檸檬
梶山季之　赤いダイヤ(上)(下)
片野ゆか　ポチのひみつ

集英社文庫　目録（日本文学）

集英社文庫

みんなで一人旅《ひとりたび》

2020年10月30日　第1刷

定価はカバーに表示してあります。

著　者　遠藤彩見《えんどうさえみ》

発行者　徳永　真

発行所　株式会社 集英社
東京都千代田区一ツ橋2-5-10　〒101-8050
電話　【編集部】03-3230-6095
【読者係】03-3230-6080
【販売部】03-3230-6393(書店専用)

印　刷　凸版印刷株式会社

製　本　加藤製本株式会社

フォーマットデザイン　アリヤマデザインストア　　マークデザイン　居山浩二

ISBN978-4-08-744170-3 C0193